AUSTENLÂNDIA

Shannon Hale

AUSTENLÂNDIA

Tradução de
REGIANE WINARSKI

1ª edição

EDITORA RECORD
RIO DE JANEIRO • SÃO PAULO
2014

CIP-BRASIL. CATALOGAÇÃO NA PUBLICAÇÃO
SINDICATO NACIONAL DOS EDITORES DE LIVROS, RJ

H183a Hale, Shannon, 1974-
Austenlândia / Shannon Hale; tradução de Regiane Winarski.
— 1ª ed. — Rio de Janeiro: Record, 2014.

Tradução de: Austenland
ISBN 978-85-01-40388-9

1. Ficção americana. I. Winarski, Regiane. II. Título.

14-00971

CDD: 813
CDU: 821.111(73)-3

Título original em inglês:
AUSTENLAND

Copyright © 2007, by Shannon Hale

Originalmente publicado por Bloomsbury, EUA, Nova York.
Direitos de publicação adquiridos mediante acordo com Barry Goldblatt Literary LLC e Sandra Bruna Agencia Literaria S. L.

Texto revisado segundo o novo Acordo Ortográfico da Língua Portuguesa.

Todos os direitos reservados. Proibida a reprodução, no todo ou em parte, através de quaisquer meios. Os direitos morais da autora foram assegurados.

Direitos exclusivos de publicação em língua portuguesa somente para o Brasil adquiridos pela
EDITORA RECORD LTDA.
Rua Argentina, 171 — Rio de Janeiro, RJ — 20921-380 — Tel.: 2585-2000, que se reserva a propriedade literária desta tradução.

Impresso no Brasil

ISBN 978-85-01-40388-9

Seja um leitor preferencial Record.
Cadastre-se e receba informações sobre
nossos lançamentos e nossas promoções.

EDITORA AFILIADA

Atendimento e venda direta ao leitor:
mdireto@record.com.br ou (21) 2585-2002.

Para Colin Firth

Você é demais, mas eu sou casada,
então acho que deveríamos ser apenas amigos.

prólogo

É UMA VERDADE UNIVERSALMENTE RECONHECIDA que uma mulher de 30 e poucos anos com uma carreira satisfatória e um corte de cabelo fabuloso deve querer bem pouca coisa da vida, e Jane Hayes, muito bonita e inteligente, sem dúvida era vista como alguém com poucas preocupações. Não tinha marido, mas isso não era mais algo necessário. Tinha alguns namoradinhos, e se eles iam e vinham em um fluxo regular de insatisfação mútua... bem, as coisas eram assim, não eram?

Mas Jane tinha um segredo. Durante o dia, ela se ocupava e almoçava e mandava e-mails e trabalhava até mais tarde e chegava em cima da hora, mas às vezes, quando tinha tempo de tirar os sapatos de salto comprados em um bazar e relaxar no sofá de segunda mão, ela diminuía a luz, ligava a TV e admitia o que estava faltando.

Às vezes, ela via *Orgulho e preconceito*.

Você sabe, a versão dupla da BBC em DVD, com Colin Firth no papel do delicioso Sr. Darcy e aquela bela atriz inglesa de seios fartos como a Elizabeth Bennet que sempre imaginamos. Jane via e revia a parte em que Elizabeth e o Sr. Darcy olham um para o outro por cima do piano e há aquele estalo, e o rosto dela se suaviza, e ele sorri, com o peito arfando como se fosse inspirar a imagem dela, e os olhos dele brilham tanto que você até pensa que ele vai chorar... Ah!

Todas as vezes, o coração de Jane palpitava, ela sentia calafrios e reprimia a dor perturbadora na barriga com uma tigela de alguma coisa bem calórica como cereal de chocolate. Naquelas noites, ela sonhava com cavalheiros usando chapéus como os de Abraham Lincoln, e nas manhãs seguintes ria de si mesma e brincava com a ideia de levar todos aqueles DVDs e livros de Jane Austen para a loja de coisas usadas.

É claro que ela nunca fez isso.

Aquela maldita versão em filme era a culpada. Claro, Jane leu *Orgulho e preconceito* pela primeira vez quando tinha 16 anos, leu uma dúzia de vezes depois disso, e leu os outros romances de Austen também pelo menos duas vezes, exceto *A abadia de Northanger* (é claro). Mas só depois que a BBC colocou um rosto na história foi que aqueles cavalheiros de calças apertadas saíram de sua imaginação de leitora para suas esperanças de não ficção. Desprovido do narrador engraçado, perspicaz e mordaz de Austen, o filme se tornou um romance puro. E *Orgulho e preconceito* era o romance mais maravilhoso e emocionante de todos os tempos, do tipo que penetrava a alma de Jane e a fazia tremer.

Era constrangedor. Ela não queria mesmo falar sobre isso. Então, vamos em frente.

um ano antes

A MÃE DE JANE, SHIRLEY, foi visitá-la e levou junto sua tia-avó Carolyn. Foi um encontro estranho, e, nos intervalos da conversa, Jane conseguia ouvir o estalo de folhas secas caindo no piso do apartamento. Ela amava suas plantas, mas mantê-las vivas parecia além de sua capacidade.

— É sério, Jane, não sei como você sobrevive aqui — disse Shirley, separando as folhas ressecadas entre as verde-amareladas. — Tivemos uma experiência de quase morte no seu elevador, que mais parece um caixão. Não foi, Carolyn, querida? Tenho certeza de que sua pobre tia quer relaxar, mas aqui parece uma sauna e não tem um momento de silêncio, só tráfego, alarmes de carros, sirenes que não param. Tem certeza de que suas janelas não estão abertas?

— Você está em Manhattan, mãe. Aqui é assim.

— Bem, não sei não. — Ela assumiu uma postura de repreensão, com a mão no quadril. O piso de madeira de 60 anos gemia sob os pés dela. — Acabei de pegar Carolyn em casa, e ficar na sala da frente do apartamento dela foi tão maravilhosamente silencioso que eu poderia jurar que estávamos no campo.

É porque o dinheiro compra janelas espessas, pensou Jane.

— Deixa pra lá. Me conta, como está...

Por favor, não fale!, pensou Jane. Não pergunte sobre minha vida amorosa!

— ... sua amiga Molly?

— Ah, Molly. Ela está ótima, trabalha como freelancer para o jornal desde que teve os gêmeos. Molly e eu somos amigas desde o sexto ano — explicou Jane para Carolyn, que estava sentada em sua cadeira de rodas perto da porta da frente.

Carolyn tinha tantas rugas no rosto quanto sulcos em uma impressão digital, não só ao redor dos olhos e na testa, mas também em dobras delicadas nas bochechas finas. Ela devolveu um olhar vazio e depois o apertou de leve, uma insinuação de revirar de olhos. Jane não sabia se era intencional ou conspiratório, então fingiu não reparar.

Ela não via Carolyn desde seus 12 anos, no enterro da avó. Achou estranho a mãe incluir Carolyn nos planos de almoço delas quando veio à cidade. Mas, pelos olhares famintos e significativos que sua mãe lançava para ela, Jane podia adivinhar: a mulher estava ficando velha e Shirley queria causar uma boa impressão, uma tentativa final pelos restos da fortuna proveniente dos frutos do mar. Sem dúvida, pegar Jane em casa em vez de encontrá-la no restaurante era um plano para mostrar a Carolyn as condições vergonhosas de vida da sobrinha-neta.

— Vamos nessa? — perguntou Jane, ansiosa para acabar logo com aquilo.

— Vamos, querida, só me deixe arrumar seu cabelo.

E Jane, de 32 anos, seguiu a mãe até o banheiro e se submeteu a esticadas, jatos de spray e torções. Não importava a idade que tinha; sempre que a mãe ajeitava seu cabelo, Jane se sentia exatamente com 7 anos. Mas ela deixava a mãe trabalhar, porque Shirley "Miss Coque Banana 1967" Hayes só conseguia encontrar a verdadeira tranquilidade em um cabelo bem-feito.

— Preste *atenção*, querida — disse Shirley, e fez seu sermão sussurrado e urgente sobre Como Impressionar os Mais Velhos. — Eles adoram isso. Pergunte sobre a infância dela e deixe que fale, se ela tiver vontade. A esta altura da vida, as lembranças são tudo que ela tem, coitadinha.

Quando elas saíram do banheiro, Carolyn não estava onde a tinham deixado. Jane correu até o aposento vizinho, atormentada por um pesadelo de uma cadeira de rodas caindo escada abaixo (e com uma lembrança irritante de ter visto *Intermediário do diabo* em sua festa do pijama no aniversário de 11 anos). Mas lá estava Carolyn, ao lado da janela, inclinada para empurrar uma planta para o quadrado amarelo de luz do sol. Jane ouviu um estalo quando seus DVDs de *Orgulho e preconceito* caíram do esconderijo vegetal no chão.

Jane se sentiu corar. Carolyn sorriu, e incontáveis rugas na bochecha se reagruparam em poucas, mais profundas.

Mas e daí que ela tenha visto os DVDs? Muitas pessoas tinham esses DVDs. Por que ela deveria escondê-los? Não escondia os da primeira temporada de *Arrested Development* nem o de *Ioga para principiantes*. Ainda assim, alguma coisa no sorriso de sua tia-avó fez com que Jane se sentisse como se estivesse de calcinha e sutiã. E sujos.

No restaurante, quando Shirley saiu para passar pó no famoso nariz, Jane fez o melhor para fingir que não estava nada desconfortável. Um minuto de silêncio se passou. Ela mexeu na salada verde com o garfo, separando a rúcula.

— O outono está quente — disse ela.

— Você está se perguntando se eu vi — disse Carolyn. Algumas vozes ficam duras e tensas com a idade, outras roucas como vidro quebrado. A voz dela era suave, areia atingida por ondas até ficar fina como açúcar de confeiteiro.

— Viu o quê? — perguntou Jane sem entusiasmo.

— Ele é um demônio, aquele Sr. Darcy. Mas você não o esconderia em uma planta se não estivesse com a consciência pesada. Isso me diz que não está sonhando acordada, inerte. Você já passou dos 30, não é casada, não está namorando... se as fofocas da sua mãe e as fotos no seu apartamento estão dizendo a verdade. E tudo se resume àquela história. Você está obcecada.

Jane riu.

— Não estou obcecada.

Mas estava, sim.

— Hum. Você está corando. Me conte o que tem nessa história que é tão encantador?

Jane bebeu um gole d'água e olhou por cima do ombro, na direção do banheiro, para ter certeza de que a mãe não estava voltando.

— Além de ser inteligente e engraçado e talvez o melhor romance já escrito, também é a história de amor mais perfeita da literatura, e nada na vida consegue chegar aos pés dela, então passo meus dias mancando à sombra dela.

Carolyn a encarou, como se esperando mais. Jane achou que já tinha dito o bastante.

— É um romance adorável — disse Carolyn —, mas você não estava escondendo um livro na planta. Eu já vi o filme. Sei quem é Colin Firth, minha querida. E acho que sei o que você está esperando e o que te levou a botar a vida em suspenso.

— Escute, eu não acredito de verdade que posso acabar me casando com o Sr. Darcy. É só que... nada na vida real parece tão certo quanto... ah, deixa pra lá, não quero que você acredite que sua sobrinha-neta vive na terra da fantasia.

— E vive?

Jane forçou um sorriso.

— O outono está quente, não está?

Carolyn apertou os lábios de forma que ficaram tão enrugados quanto suas bochechas.

— Como anda sua vida amorosa?

— Estou abstêmia.

— É mesmo? Desistindo aos 32 anos. Hum. Posso arriscar um palpite? — Carolyn se inclinou para a frente, a voz sedosa deslizando entre os sons de pratos batendo e empresários robustos gargalhando. — As coisas não estão indo tão bem, e cada vez que os homens da sua vida te decepcionam, você deixa o Sr. Darcy entrar um pouquinho mais. Talvez você tenha chegado a ponto de estar tão ligada à ideia daquele patife que não fica satisfeita com menos.

Uma azeitona se prendeu ao pedaço de alface no garfo de Jane, e quando ela tentou tirar, a azeitona voou pela mesa e bateu no traseiro de um garçom. Jane fez cara de raiva. Era verdade que sua lista de ex-namorados era impressionantemente patética. E havia aquele sonho que ela tivera algumas semanas antes: ela estava com um vestido de noiva esfarrapado (no estilo da Srta. Havisham, de *Grandes esperanças*), dançando sozinha em uma casa escura, esperando que o Sr. Darcy fosse buscá-la. Quando acordou ofegante, o sonho ainda estava cru e apavorante demais para que ela risse dele. Na verdade, ainda não conseguia.

— Talvez eu esteja louca — disse Jane.

— Eu me lembro de você, Jane. — Carolyn tinha olhos azul-claros como uma calça jeans lavada vezes demais. — Eu me lembro de sentar naquele gazebo perto do lago com você depois do enterro da minha irmã, sua avó. Lembro que você não teve medo de dizer que, durante o velório, não conseguiu deixar de pensar no que tinha para o almoço e perguntar se era errado. Será que significava que você não amava sua avó o bastante? Sua voz e suas perguntas de garotinha tiraram um pouco da minha dor. Você é sincera demais pra se deixar enganar assim.

Jane assentiu.

— Naquele dia, você estava usando uma gola de renda. Eu achei elegante.

— Meu falecido marido me comprou aquele vestido. Era o meu favorito. — Carolyn dobrou o guardanapo e alisou as pontas com mãos ligeiramente trêmulas. — Harold e eu tivemos um casamento infeliz. Ele não falava muito e vivia ocupado com o trabalho. Eu ficava entediada e era rica o bastante para sair com jovens agradáveis a tiracolo. Depois de um tempo, Harold também teve casos, principalmente pra me magoar, eu acho. Só quando eu estava velha demais pra atrair os playboys que me virei para o homem ao meu lado e me dei conta do quanto amava aquele rosto. Tivemos dois maravilhosos anos juntos antes de o coração dele levá-lo. Eu era uma tola, Jane. Não conseguia ver o que era real até o tempo ter levado todo o resto. — Ela foi direta, com a dor por trás das palavras há tempos desgastada.

— Sinto muito.

— *Humph*. Seria melhor sentir muito por você mesma. Sou velha e rica, e as pessoas me deixam dizer o que eu quiser. Então ouça. Descubra o que é real pra você. Não adianta se apoiar na história de outra pessoa a vida toda. Sabe, aquele livro não fez nenhum bem à própria Austen. Ela morreu solteirona.

— Eu sei. — Aquele pensamento assombrara Jane muitas vezes, e era a arma favorita dos antientusiastas de Austen.

— Não que haja algum problema com solteironas — disse Carolyn, batendo nas dobras frágeis do pescoço.

— É claro que não. Solteirona é só um termo arcaico pra "voltada para o trabalho".

— Escute, docinho, minha história está contada. Tive meus dias de glória e agora estou encarando meu Fim. Mas o céu e as estrelas sabem como sua história vai acabar. Então, faça seu felizes-para-sempre acontecer. — A voz dela tinha o entusiasmo de um treinador de equipe infantil. Era docemente protetora. Era hora de mudar de assunto. De forma muito casual.

— Por que você não me conta sobre sua infância, tia Carolyn?

Carolyn riu, com a maciez de manteiga à temperatura ambiente.

— Contar pra você sobre minha infância, e numa hora bem oportuna. Não me importo de contar. Eu mancava desde que aprendi a andar. Nossos pais eram pobres, e sua avó e eu dividíamos uma cama que se inclinava para um dos lados, embora eu não possa ter certeza de que essa cama tenha sido a causa...

Quando Shirley voltou do banheiro, Carolyn estava citando o preço do leite quando ela era criança, e Shirley deu à filha um sorriso aprovador. Felizmente, ela não ouviu a parte da conversa sobre a sobrinha-neta louca. Sua mãe era prática, desde a armação robusta dos óculos até os sapatos de saltos grossos, e nenhuma filha dela iria vagabundear pela terra da fantasia.

E Jane estava ansiosa para concordar. É sério, uma mulher de 30 e poucos anos não deveria sonhar acordada com um personagem fictício de um mundo de 200 anos de idade a ponto de influenciar sua vida e seus relacionamentos muito reais e muito mais importantes. É claro que não deveria.

Jane mastigou um pedaço de rúcula.

seis meses antes

A TIA-AVÓ CAROLYN FALECEU.

— E você está no testamento, querida! — disse sua mãe, ligando de Vermont. — Aparentemente, nosso último almoço teve efeito. O advogado vai entrar em contato. Me ligue assim que souber o valor!

Jane desligou e se sentou, forçando-se a não pensar sobre o testamento, refletindo alguns momentos sobre a mulher que amara o rosto de Harold, que desperdiçara três décadas de amor, que abrira o peito de Jane e relatara o que viu. Ela não conheceu Carolyn o bastante para sofrer com o luto, só para se sentir sensível e perplexa com a ideia da morte dela.

E, ainda assim, Carolyn pensara em Jane o bastante para acrescentar o nome dela ao testamento. O que ela *deixaria* para uma parente quase estranha? Carolyn tinha uma família numerosa, então a quantia não podia ser grande, mas, por outro lado, os boatos da riqueza de sua tia-avó eram lendários. O bastante para que ela se mudasse para um apartamento com ar-condicionado? O bastante para ela se aposentar?

Jane hesitou com esse pensamento. A questão não era que não amasse o emprego; não era um trabalho ruim ser designer gráfico na revista, mas era, sabe, um *emprego*. Ela não podia descartar uma estabilidade tão boa, um lugar aonde ir todos os dias, uma coisa (ao contrário dos homens) que não puxava o tapete dela e a derrubava no chão. Mas, durante a ida de metrô até o escritório do advogado, ela se questionou: se fosse tentada com uma quantia grande, será que cederia? Será que largaria o emprego e compraria uma casa nos Hamptons e adotaria um poodle miniatura chamado Mingau que faria xixi no tapete?

Essas perguntas e alternativas de nome para o poodle mantiveram sua mente ocupada enquanto ela seguia para o prédio polido e cinza onde o advogado trabalhava, até subir para o escritório conservador vinho e marrom e se sentar em uma cadeira de couro acolchoada para ouvi-lo extraordinariamente pálido dizer:

— Você não está rica.

— O quê?

— Na verdade, ela não deixou nenhum dinheiro pra você. — Cada piscada dele era lenta e deliberada, fazendo Jane pensar em um sapo. — As pessoas costumam ter esperanças, então gosto de ser direto.

Jane riu com desconforto.

— Ah, eu não estava pensando nisso.

— É claro.

O advogado se sentou e mexeu em uma pilha de papéis sem desperdiçar nenhum movimento. Ele estava dizendo alguma coisa em juridiquês, mas Jane estava distraída. Tentava identificar o que, além das piscadas calculadas, o fazia parecer tanto com um anfíbio. Era a pele firme e lustrosa, decidiu ela. E o fato de os olhos serem tão separados. E o tom de salada verde. (Certo, ele não era exatamente verde, mas o resto era verdade.)

Ele ainda estava falando.

— Nossa cliente foi... eclética... no testamento. Ela fez compras para alguns amigos e parentes e deixou a maior parte do dinheiro para instituições de caridade. Para você, ela planejou férias.

Ele entregou a ela um panfleto brilhoso e grande demais. Na capa, havia a foto de um grande solar. Um homem de paletó, *cravat* e calça e uma mulher de vestido com cintura império e chapéu estavam andando ao fundo. Pareciam muito felizes. As mãos de Jane ficaram geladas.

Ela leu o texto elegantemente inserido.

Pembrook Park, Kent, Inglaterra. Entre por nossas portas como um convidado que veio passar três semanas a fim de apreciar as maneiras do campo e a hospitalidade — uma visita para o chá, uma dança ou duas, uma volta no jardim, um encontro inesperado com um certo cavalheiro, tudo culminando em um baile e talvez algo mais...

Aqui, o príncipe regente ainda governa uma Inglaterra tranquila. Sem roteiro. Sem final escrito. Férias como ninguém mais pode oferecer.

— Não entendi.

— São férias de três semanas com tudo incluso na Inglaterra. Pelo que entendi, você se fantasia e finge ser alguém de 1816. — O advogado entregou um envelope a ela. — Vem também com uma passagem de avião de primeira classe. As férias não podem ser canceladas e o dinheiro não pode ser devolvido, minha cliente tomou essa precaução. Mas se você precisar de dinheiro pode trocar a passagem de primeira classe pela econômica e ficar com a diferença. Faço essa sugestão sempre que posso. Gosto de ajudar.

Jane não tinha tirado os olhos do panfleto. O homem e a mulher da foto haviam prendido o olhar dela como o relógio de um mágico balançando de um lado para o outro. Ela os odiava e os adorava ao mesmo tempo. Desejava ser aquela mulher, mas precisava ficar firmemente na cidade de Nova York no presente e fingir que não tinha esse tipo de fantasia. Ninguém adivinhava seus pensamentos, nem a mãe, nem os amigos mais próximos. Mas sua tia-avó Carolyn sabia.

— Vou ficar com a diferença — disse ela distraidamente.

— Só tome o cuidado de relatar o valor para a Receita Federal.

— Certo. — Parecia estranho que Carolyn fosse apontar esse defeito na pobre e patética sobrinha-neta e depois mandá-la diretamente para a toca do leão. Jane gemeu. — Não tenho jeito.

— O quê?

— Hum, eu falei em voz alta? Seja como for, eu *tenho* jeito, esse é o problema. Tenho esperanças demais, isso sim. — Ela se sentou ereta e se apoiou na mesa dele. — Se eu fosse contar pra você as histórias dos meus primeiros dez namorados, você ia me chamar de louca por sair com outras pessoas depois disso. Mas eu saí! Sou tão cabeça-dura que demorei esse tempo todo pra desistir dos homens, mas não consigo desistir completamente, sabe? Então eu… eu canalizo minhas esperanças pra uma ideia, pra alguém que não possa me rejeitar porque não é real!

O advogado ajeitou uma pilha de papéis.

— Acho que devo esclarecer, Srta. Hayes, que eu não pretendia flertar. Sou um homem casado e feliz.

O queixo de Jane caiu.

— Ah, é claro que é. Erro meu. Vou embora agora. — Ela pegou a bolsa e deu o fora.

O elevador a levou de volta à rua, e, mesmo depois de passar pelas portas, o chão ainda parecia estar desaparecendo sob seus pés. Ela caiu/andou até o trabalho e se sentou na cadeira cinza com rodinhas.

Todd, o gerente, chegou à baia dela no momento em que a cadeira rangeu.

— Como está, Jane? — perguntou ele em seu muitas vezes afetado sotaque pseudo-*Sopranos*.

— Bem.

Ela o encarou. Ele estava com um novo corte de cabelo. O cabelo louro-branco agora estava todo espetado e com uma quantidade incrível de pomada com cheiro de framboesa, um corte que só podia ser usado com verdadeiro sucesso por um garoto de 15 anos com um olhar fixo, penetrante e extraordinário. Todd estava sorrindo. E tinha 43 anos. Jane se perguntou se a educação exigia que ela elogiasse uma coisa evidente e óbvia.

— Hã... você, seu cabelo está diferente.

— Ei, as garotas sempre reparam no cabelo, não é? Não é sempre assim?

— Acho que acabei de provar isso — disse ela com tristeza.

— Super. Ei, escute — disse ele sentando-se na beirada da mesa dela —, temos um acréscimo de última hora que precisa de atenção especial. Pode parecer coisa comum de busca em banco de dados, mas não se deixe enganar! É para o layout importantíssimo da página 16. Eu passaria pros seus estagiários, mas estou escolhendo você porque acho que faria um trabalho de primeira. O que você me diz?

— Claro, Todd.

— Su-per. — Ele fez sinal de positivo com os dois polegares e ficou parado, sorrindo, sem piscar. Depois de alguns momentos, Jane contraiu os músculos. O que ele queria que ela fizesse? Era para ela dar um tapinha de comemoração nos polegares dele? Tocar a parte de trás dos polegares dela nos dele? Ou será que ficou com eles à mostra por tanto tempo para enfatizar?

O silêncio se prolongou. Por fim, Jane optou por levantar seus próprios polegares em um reflexo do cumprimento de Todd.

— Certo, minha Lady Jane. — Ele assentiu, ainda com os polegares erguidos, e ficou assim enquanto se afastava. Pelo menos não voltou a convidá-la para sair. Por que é que, quando ela desejava muito ter um homem, todos eram casados, mas quando estava abrindo mão deles havia tantos desagradavelmente solteiros?

Assim que o perfume de Todd desapareceu no corredor, Jane jogou Pembrook Park no Google.

Havia parques com esse nome espalhados pelos Estados Unidos, mas nada relativo a Austen e nada britânico. Algumas menções crípticas em blogs pareciam se relacionar ao Pembrook de Jane, como a de uma blogueira chamada tan'n'fun. "Voltei da minha segunda viagem a Pembrook Park. Foi ainda melhor do que a primeira, o baile, em especial... mas assinei um acordo de confidencialidade, então isso é tudo que vou dizer publicamente." Não havia artigo na Wikipédia sobre o elusivo local. Nada de fotos. Era a Área 51 dos resorts de férias.

Ela bateu com a cabeça de leve no monitor.

A pergunta *Devo ir?* a perturbou durante toda a tarde. Jane tinha férias acumuladas. Tinha um pacote de benefícios incrível que incluía três semanas de folga por ano, e ela raramente viajava nas férias.

Além do mais: *Não reembolsável.* Eram duas palavras boas e sólidas, que não davam para mastigar, que só se dissolviam após serem sugadas lentamente.

Jane argumentou com seus pensamentos, e seus pensamentos argumentaram de volta enquanto ela procurava no banco de imagens o superprojeto de Todd. *Palavras para a busca: mulher sorrindo. Resultado: 2.317 ocorrências,* uma quantidade grande demais para ela verificar. *Reduzir resultados da busca: empresária sorrindo. Resultado: 214 ocorrências. Reduzir resultados da busca: empresária 20 anos sorrindo.*

E, de repente, ali estava o rosto de Jane em seu próprio monitor, fotografada pelo ex-namorado nº 7, o artista delinquente. Ela já tinha se deparado com aquela imagem antes. Em sua área de trabalho era difícil não ver todas as fotos de bancos de imagens do império digital pelo menos duas vezes. Mas o momento era mesmo bem ruim. Aqui estava ela, tonta com pensamentos de sua própria burrice e vulnerabilidade e todas as outras questões psicológicas, e de repente dando de cara com o próprio rosto anos mais jovem... bem, *eca*, um lembrete desagradável de que ela era apenas burra e vulnerável naquela época. Não tinha mudado. Estava afundada até os joelhos na mesma lama romântica havia anos e nem se importava mais.

Depois de completar a seleção de fotos e pegar dois trens, Jane afundou no sofá de Molly no Brooklyn, com um olho nos gêmeos brigando com blocos de montar e o outro escondido por trás de uma almofada. Ela levantou o braço e balançou o folheto como uma bandeira de rendição. Molly o tirou da mão dela e o leu.

— Então chegamos a isso — disse Molly.

— Socorro — gemeu Jane.

Molly assentiu.

— Não sei, Jane, você acha mesmo que devia se submeter a uma coisa dessas? ... *Que beleza, Jack! Você montou esses blocos sozinho? Você é tão inteligente, meu meninão inteligente...* Pode piorar as coisas. Você pode acabar em uma alienação do Sr. Darcy pra sempre.

Jane se sentou.

— Então você sabe o quanto estou mal? A coisa toda do Darcy?

Molly colocou a mão na perna dela.

— Querida, não te culpo. Você teve muito azar com toda essa mer... hum, porcaria de romance — disse ela, consertando o vocabulário ao olhar para os filhos. Hannah tinha conseguido enfiar os dois dedos nas narinas e andou cambaleante até Molly para exibir o novo feito. — *Você encontrou os buracos do seu nariz? Que menina esperta!...* Janie, você vai ficar triste se eu disser isso? Será que devo falar?

— Diga.

— Certo. — Uma respiração profunda. — Essa obsessão...

Jane gemeu ao ouvir a palavra e afundou completamente o rosto na almofada.

— ... está crescendo desde o nosso ensino médio. Eu mesma costumava ter fantasias de pular em cima de Darcy, mas você transformou isso em um ofício. Você foi forçada a isso por relações desastrosas, uma após a outra, é verdade, mas os últimos dois anos...

— Eu sei, eu sei — murmurou Jane com o rosto no travesseiro. — Andei surtando, me sabotei e não consegui perceber isso na época, mas agora consigo, então talvez eu esteja bem.

Molly fez uma pausa.

— Você está bem?

Jane balançou a cabeça e a almofada junto.

— Não! Estou morrendo de medo de fazer de novo. Tenho tanto medo de estar estragada e ser descartável e detestável, e nem sei direito o que estou fazendo de errado. O que devo fazer, Molly? Por favor, me diga.

— Ah, querida...

— Oh-oh.

Molly limpou a garganta e assumiu seu tom mais gentil.

— Você já reparou que se refere a qualquer cara com quem saiu como "namorado"?

Jane tinha reparado. Na verdade, havia numerado todos os namorados de 1 a 13 e se referia a eles em pensamento pelo número. Estava aliviada agora de nunca ter mencionado essa parte para Molly.

— Não é normal fazer isso — disse Molly. — É um tanto... exagerado. Joga expectativa em um relacionamento antes mesmo de ele começar.

— Aham. — Foi tudo que Jane conseguiu dizer em resposta, até mesmo para sua melhor amiga. Era um assunto chato e irritante. Dois anos antes, ela brincou com a ideia de procurar um terapeuta, mas apesar de no final ter decidido que não era o tipo de garota que precisava de terapia acabou saindo disso tudo com a compreensão de uma coisa sobre si mesma: desde bem nova, ela aprendeu com Austen como amar. E, de acordo com sua compreensão imatura na época, no mundo de Austen não existiam casos. Cada romance deveria levar ao casamento, cada flerte era apenas uma forma de encontrar o parceiro com quem ficar para sempre. Assim, para Jane, quando cada romance terminava, embora ela ainda tivesse esperanças, a sensação era tão brutal quanto um divórcio. Muito intensa, Jane? Ah, sim. Mas o que se pode fazer?

— Jane. — Molly esfregou o braço dela. — Tem tanta coisa acontecendo na sua vida! Você não precisa desse Pembrook Park, e definitivamente não precisa do Sr. Darcy.

— Eu sei. Afinal, ele nem é real. Não é, não é, eu sei que não é, mas talvez...

— Não tem talvez. Ele não é real.

Jane gemeu.

— Mas não quero ter que me contentar com pouco.

— É o que você sempre faz. Cada cara com quem saiu foi se contentar com pouco.

Ela se sentou ereta.

— Nenhum deles me amava, não é? Nunca. Alguns gostavam de mim ou me achavam conveniente, mas... Eu sou mesmo tão patética?

Molly ajeitou o cabelo.

— Não, é claro que não — disse ela, o que significava *É, mas eu te amo mesmo assim.*

— Argh — resmungou Jane. — Não sei o que fazer, não confio em mim mesma. Como é que você teve certeza de que Phil era o homem certo?

Molly deu de ombros. Era o mesmo movimento de ombros que ela fez no acampamento de verão 18 anos antes, quando Jane perguntou: "Você comeu todos os meus marshmallows?" Era o mesmo movimento que Molly fez quando Jane adotou o estilo new wave no sexto ano e perguntou: "Como estou?" Molly renegara seus dias evasivos na faculdade e declarara que seria uma mulher direta e desembaraçada para sempre, mas aqui estava aquele movimento de ombros inútil surgindo de novo.

Jane olhou para ela com raiva.

— Não faça isso, Sra. Molly Andrews-Carrero. O que foi? Me diga. Como você sabe que Phillip é o homem certo?

Molly cutucou o molho de tomate que havia pingado na calça e tinha secado.

— Ele... ele me faz sentir a mulher mais bonita do mundo, todos os dias da minha vida.

Ela nunca admitiria, mas aquelas palavras fizeram os olhos de Jane arderem.

— Uau. Você nunca me contou isso. Por que nunca me contou isso antes?

Molly começou a dar de ombros, depois parou.

— Não é uma coisa que se diga pra sua melhor amiga solteira. Seria como esfregar seu nariz no cocô da minha felicidade.

— Se eu não te amasse, te daria um tapa. — Jane reconsiderou e jogou um travesseiro no rosto de Molly. — Você precisa me contar essas coisas, pateta. Preciso saber o que é possível.

Ou o que é impossível, pensou Jane.

— Você está bem? — perguntou Molly.

— Sim. Estou. Porque decidi desistir completamente dos homens.

— Pare com isso, de novo não. Querida...

— Estou falando sério desta vez. Pra mim chega. No fundo do coração, sei que nunca vou encontrar meu Phillip, e toda essa esperança e expectativa estão me matando. — Ela respirou fundo. — Isso é bom, Molly. Você vai ver. É hora de abraçar a solteirice. Hora de...

— Cuidado! — disse Molly, largando o folheto e dando um pulo na hora em que Jake colocou uma tigela cheia de leite e cereal na cabeça como um maravilhoso chapéu que pingava.

Hannah pegou o papel brilhoso e o entregou para Jane, sentando-se no colo dela. A garotinha parecia tão aconchegada e perfeita, como aquecer as mãos em uma xícara de chocolate quente, e com a alegria familiar que vinha ao pegar no colo o filho de outra pessoa, Jane sentiu aquela dor esquisita nas entranhas, aquele aperto ruim que dizia que ela talvez nunca tivesse um filho.

— Meus ovários estão gritando comigo — disse Jane.

— Desculpe, querida! — gritou Molly da cozinha.

— Livro. — Hannah balançou o folheto, então elas olharam juntas.

— Tem uma casa — disse Jane. — Onde está o homem? Isso mesmo! E onde está a mulher? Sim, essa seria eu. Você sabia que sua tia Jane é uma boba? Que ela secretamente quer ser uma pessoa de outra época e ser amada por um personagem fictício de um livro? E que ela odeia essa parte dela mesma? Bem, já chega!

— Fim — disse Hannah. Ela fechou o folheto, se contorceu para descer do colo de Jane e saiu para procurar algo mais interessante enquanto cantarolava: — Popóta, popóta.

Jane se deitou de novo, desta vez colocando a almofada *debaixo* da cabeça. Certo, tudo bem, ela *iria*. Seria seu último grito. Assim como a amiga Becky, que fez um cruzeiro que incluía um bufê com tudo liberado antes da cirurgia de redução do estômago, Jane faria uma última excentricidade antes de desistir completamente dos homens. Ela viveria sua fantasia, se divertiria loucamente e enterraria tudo de vez. Nada mais de Darcy. Nada mais de homens, ponto final. Quando ela chegasse em casa, se tornaria uma mulher perfeitamente normal, feliz por estar solteira, feliz consigo mesma.

Até jogaria fora os DVDs.

três semanas e um dia antes

JANE VOOU DE CLASSE ECONÔMICA para Londres e deu de cara com uma limusine preta (Uma limusine!, pensou) esperando por ela em Heathrow. O motorista de cartola abriu a porta e pegou sua mala de mão, com apenas uma muda de roupas, artigos de higiene e entretenimento para a viagem. Ela foi informada de que não precisaria de mais nada quando chegasse ao Park.

— É longe? — perguntou ela.

— Fica a cerca de três horas, senhora — disse ele, mantendo os olhos na calçada.

— Mais três horas. — Ela tentou pensar em alguma coisa inteligente e britânica para dizer. — Já me sinto como um saquinho de chá usado três vezes.

Ele não sorriu.

— Ah. Hum, eu sou Jane. Qual é seu nome?

Ele balançou a cabeça.

— Não tenho permissão de dizer.

É claro, pensou ela, estou entrando na Austenlândia. Os serviçais são invisíveis.

Jane passou o trajeto revendo o livreto de anotações, "História Social do Período da Regência", e sentiu como se estivesse estudando de última hora para uma prova de uma matéria chata mas obrigatória na faculdade. Não era coisa dela ir tão despreparada, e ela admitia para si mesma que tinha bloqueado a realidade dessa aventura desde o momento em que assinou os papéis e os mandou de volta para o advogado sapo. Mesmo pensar nisso agora despertava dores intensas e frias nas pernas dela e provocava a energia ansiosa necessária para uma cesta de fim de jogo no basquete da escola.

Havia muitas anotações.

- Em apresentações, um cavalheiro é primeiro apresentado à dama porque é considerado uma honra para ele conhecê-la.

- A filha mais velha da família é chamada de "Srta." mais o sobrenome, enquanto qualquer filha mais nova é "Srta." mais primeiro nome e sobrenome. Por exemplo, Jane, a mais velha, era Srta. Bennet, enquanto sua irmã era Srta. Elizabeth Bennet.

- *Whist* é uma forma antiga de bridge jogada por dois casais. As regras são...

E assim prosseguia, por páginas e páginas, todas irritantemente numeradas com algarismos romanos. O epílogo era uma advertência escrita pela proprietária de Pembrook Park, que atendia pelo nome improvável de Sra. Wattlesbrook: "É imperativo que esses hábitos sociais sejam seguidos ao pé da letra. Pelo bem de todos os nossos hóspedes, qualquer pessoa que for pega desobedecendo essas regras abertamente será convidada a se retirar. A imersão completa no período da

Regência é a única forma de vivenciar de forma verdadeira a Inglaterra de Austen."

Horas depois, quando o motorista sem nome parou o carro e abriu a porta, Jane se viu na fantástica paisagem rural, verde e ondulante, que reconheceu de folhetos de viagens, com o céu nublado como sempre devem ser os céus de outubro na Inglaterra, e o chão, é claro, desagradavelmente úmido. Ela foi conduzida a um prédio solitário construído como uma velha pensão, que tinha inclusive uma placa pendurada onde se lia O GARANHÃO BRANCO, com um entalhe pintado de um animal cinzento que se parecia demais com um burro.

Lá dentro estava aconchegante e quente, resultado de uma lareira grande e acesa, incomum para a estação. Uma mulher de vestido da época da Regência e chapéu se ergueu por trás de uma mesa e levou Jane para uma cadeira ao lado da lareira.

— Bem-vinda a 1816. Sou a Sra. Wattlesbrook. E como devo chamar você?

— Jane Hayes está ótimo.

A Sra. Wattlesbrook ergueu as sobrancelhas.

— É mesmo? Tem certeza de que deseja manter seu nome de batismo? Muito bem, mas não devemos manter o nome completo, certo? Vamos chamá-la de Srta. Jane Erstwhile.

Erstwhile?

— Ah, tudo bem.

— E quantos anos você tem, Srta. Erstwhile?

— Trinta e três.

A Sra. Wattlesbrook se apoiou no braço dela com ar de impaciência.

— Você não me entendeu. Quantos anos você *tem*? — perguntou ela, erguendo as sobrancelhas de maneira significativa. — Você está ciente de que, nessa época, uma dama de 33 anos seria uma solteirona convicta e considerada impossível de casar.

— Prefiro não mentir sobre minha idade — disse Jane, e imediatamente fez uma careta. Ela estava entrando na Austenlândia, onde fingiria que o ano era 1816 e que os atores eram seus amigos e familiares e pretendentes em potencial, e estava preocupada em tirar alguns anos da idade? Seu estômago deu um nó e, pela primeira vez, ela teve medo de não ser capaz de ir até o fim.

A Sra. Wattlesbrook observava-a com sagacidade. Jane engoliu em seco. Como ela poderia saber? Será que ela possuía aquela intuição misteriosa de Carolyn, será que pressentia que Jane estava aqui não em férias despretensiosas, mas porque tinha uma terrível obsessão? Ou será que supunha até mesmo algo pior, que Jane estava realmente procurando uma fantasia, que acreditava que pudesse encontrá-lo, encontrar o amor, nesse passeio de parque de diversões?

A mãe de Jane costumava contar que, até a filha fazer 8 anos, quando alguém perguntava o que ela queria ser quando crescesse, ela sempre respondia com convicção: "Quero ser princesa." Talvez por causa do deboche divertido da mãe, na adolescência Jane já tinha aprendido a esconder seus desejos por impossibilidades tão maravilhosas, tais como se tornar princesa, ou uma supermodelo, ou Elizabeth Bennet. A enterrar e esconder até estarem tão no fundo e negligenciados a ponto de serem verdade de alguma forma. Nossa, ela estava se sentindo pronta para se deitar em um divã.

Não importava. Que debochassem dela, mas Jane estava determinada a cavar esses assuntos terríveis e jogá-los fora. Ela *apreciaria* tanto essa última viagem à terra da fantasia que seria fácil deixar tudo para trás em três semanas: Austen, os homens, as fantasias, ponto final. Mas, para que desse certo, ela tinha que ser Jane, vivenciando tudo como ela mesma, então se agarrou com teimosia à idade verdadeira.

— Eu poderia dizer "ainda não tenho 34" se você preferir — Jane sorriu com inocência.

— Perfeitamente — disse a Sra. Wattlesbrook com lábios firmes, insistindo que não havia humor na situação. — Pela duração da sua visita, vai haver mais uma hóspede em Pembrook Park. Ela se chama Srta. Charming e chegou ontem. Quando a Srta. Amelia Heartwright chegar, ela vai ficar na Pembrook Cottage, e então você deve vê-la com frequência também. Espero que todas vocês mantenham os modos e as conversas apropriadas mesmo quando estiverem sozinhas. Em outras palavras, nada de fofocas, nada de trocar histórias da época de faculdade, nada de gírias, essas coisas. Sou muito rígida no cumprimento de regras, certo?

Ela parecia esperar uma resposta, então Jane disse:

— Li seu aviso nas anotações de história social.

A Sra. Wattlesbrook ergueu as sobrancelhas.

— Uma leitora? Que agradável. — Ela fez questão de mexer lentamente nos papéis de Jane, cantarolando de forma teatral, depois ergueu o olhar, com as pálpebras entreabertas escondidas sob a aba do chapéu. — Sei por que você está aqui.

Ela sabia!

— Recebemos extensas declarações financeiras, e sei que você não pagou sua vinda, então vamos deixar esse drama fora do caminho, certo?

— Isso é um drama? — disse Jane com uma gargalhada, aliviada porque a mulher estava se referindo apenas à herança de Carolyn.

— Hum? — A Sra. Wattlesbrook não queria se desviar do curso pretendido para a conversa. Jane suspirou.

— Sim, minha tia-avó me deixou esta viagem no testamento, mas não sei o que você quer dizer com *drama*. Nunca pretendi esconder...

— Não é preciso fazer alarde. — Ela balançou os braços, como se empurrasse as exclamações de Jane pela janela, como se fossem um odor ruim. — Você está aqui, já pagou integralmente. Eu não gostaria que tivesse medo de não cuidarmos de você só por não ser nosso tipo habitual de hóspede, e não há chances, considerando suas condições financeiras, de você retornar como cliente ou probabilidade de você se relacionar com clientes em potencial e nos recomendar a eles. Eu gostaria de garantir que ainda assim faremos tudo que estiver em nosso poder para tornar sua humilde visita agradável.

A Sra. Wattlesbrook sorriu e deixou à mostra as duas fileiras de dentes amarelados. Jane piscou. Condições financeiras? Tipo habitual de hóspede? Ela se obrigou a fazer uma respiração de ioga, sorriu de volta e pensou em homens de roupas antigas.

— Tudo bem, então.

— Que bom, que bom. — A Sra. Wattlesbrook bateu no braço de Jane, uma imagem repentina de hospitalidade e afeição maternal. — Agora você deve tomar um chá. Deve estar com frio por causa da viagem.

Na verdade, a temperatura da limusine, ao contrário da pseudopensão, estava bastante agradável, e no calor intenso a última coisa que Jane queria era um chá quente, mas lembrou a si mesma de dançar conforme a música. Assim, ela suou e o bebeu.

A Sra. Wattlesbrook optou por interrogá-la sobre os itens do estudo: como jogar os jogos de cartas *whist* e *speculation*, etiqueta geral, eventos atuais do período regencial e assim por diante. Jane respondia como uma adolescente nervosa fazendo uma prova oral.

Em seguida, elas foram para o guarda-roupa, onde ela vestiu uma chemise até a panturrilha, que parecia uma camisola, e por cima experimentou uma série de espartilhos com sutiã *push-up*. Esse exercício fez uma saída para comprar roupa de banho parecer um passeio no parque. Elas acabaram encontrando um que não a apertava demais debaixo dos braços, mas encorajava delicadamente a postura e fez toda a justiça voluptuosa que seus seios regenciais mereciam.

— Vou guardar isso para você até a sua volta — disse a Sra. Wattlesbrook, pegando o sutiã e a calcinha roxos de Jane com o braço esticado e entregando para ela uma calçola esquisita branca de algodão. Para apreciar propriamente "a Experiência", Jane tinha que entender que até a roupa de baixo precisava ser regencial. Aparentemente, muita coisa tinha que ser sacrificada para o aproveitamento integral da Experiência, exceto maquiagem. Jane estava percebendo que as regras de Pembrook Park não eram tão dedicadas a criar um verdadeiro ambiente histórico.

A proprietária abriu um armário e revelou que as medidas de Jane haviam sido transformadas em quatro vestidos diurnos, três vestidos de noite, um vestido de baile branco com renda, duas jaquetas curtas tipo "spencer", um sobretudo marrom ajustado chamado "peliça", dois chapéus, um xale vermelho e uma pilha de chemises, calçolas, meias, botas e sapatos.

— Uau. Quero dizer, uau! — Foi tudo que Jane conseguiu falar por alguns momentos. Ela mexeu os dedos como um pão-duro cruel para um monte de dinheiro. — É tudo pra mim?

— Para o seu *uso*, sim, mas não para ficar. O pagamento da sua tia-avó não incluiu roupas como souvenir. — A Sra. Wattlesbrook puxou um vestido dos dedos ansiosos de Jane e o colocou cuidadosamente na mala dela. — Este é um vestido de noite. Você deve usar um vestido diurno agora, o cor-de-rosa ali.

O cor-de-rosa era horrível. Jane tirou o azul do cabide, ignorando a fungada ofendida da Sra. Wattlesbrook.

Em poucos minutos, a transformação de Jane estava completa: um vestido diurno azul estampado com fitas azul-escuras e mangas até os cotovelos, meias presas às coxas com cintas-ligas, botas pretas de cano baixo, e ali estava ela. Ela ficou de lado, se olhou no espelho e teve uma sensação boba e travessa, como não tinha desde o prazer pecaminoso de brincar de Barbie com a prima mais nova quando tinha 12 anos e já estava velha demais para isso. Aqui estava ela, uma mulher adulta brincando de se fantasiar, mas a sensação era tão boa.

— E aqui está ela — sussurrou Jane.

— Preciso recolher qualquer coisa eletrônica agora, minha querida.

Jane entregou o MP3 player.

— E? — A Sra. Wattlesbrook levantou a cabeça para olhar Jane pelos óculos apoiados no nariz. — Mais nada?

Ela fez uma pausa como se estivesse esperando Jane confessar, o que ela não fez. A Sra. Wattlesbrook suspirou e tirou o eletrônico dali, carregando-o entre o indicador e o polegar como se fosse uma coisa morta a ser jogada na privada. Enquanto ela estava fora, Jane escondeu o celular no fundo da mala. Já tinha tido o trabalho de contratar um pacote internacional com a operadora porque seria insuportável passar três semanas sem e-mail. Além do mais, dava um pouco de alegria a ela contrabandear uma coisa ilegal. Ela não era o tipo habitual de cliente, certo? Então não tentaria agir como uma.

Jane jantou naquela noite com a Sra. Wattlesbrook e treinou as maneiras durante a refeição mais longa (com duas horas de duração) que já tinha feito desde o oitavo banquete anual dos Pesquisadores por Polpa de Papel Melhor (PPPM) com o namorado nº 9 (assunto da noite: "O Clímax e a Queda das Lascas de Madeira").

— Quando for comer peixe, use o garfo na mão direita e um pedaço de pão na esquerda. Só isso. Nada de facas com peixe nem frutas, porque as facas são de prata e os ácidos nesses alimentos as mancham. Lembre-se, você nunca deve falar com os empregados durante o jantar. Nem os mencione, não faça contato visual. Pense que seria aviltante para eles, se precisar, mas encontre uma forma de obedecer às regras desta sociedade, Srta. Erstwhile. É a única forma de vivenciar integralmente a Experiência. Não preciso avisar de novo sobre comportamento em relação ao sexo oposto. Você é uma mulher jovem e solteira e nunca deve ficar sozinha com um cavalheiro em ambiente fechado, e ao ar livre só enquanto vocês estiverem em movimento: andando a cavalo, caminhando ou se estiverem em uma carruagem. Nada de contato físico além do necessário no ambiente social, tal como segurar a mão de um homem quando ele ajuda você a descer da carruagem ou dar o braço a ele enquanto ele a leva até a sala de jantar. Nada de conversas familiares, nada de perguntas íntimas. Já soube por clientes antigas que quando o romance floresce sob a tensão dessas restrições é muito mais apaixonado.

Depois do jantar, a Sra. Wattlesbrook levou Jane até a sala principal da pensão, onde uma mulher mais velha de vestido regencial marrom esperava ao piano.

— Como terá oportunidade de ir a bailes informais e a um formal, você precisa aperfeiçoar o minueto e duas outras danças. Theodore, venha aqui.

Um homem de talvez 20 e tantos anos entrou na sala principal da pensão. Jane teve um vislumbre de um livro velho na mão dele antes de ele guardá-lo atrás do piano. Ele tinha o cabelo um pouco longo, apesar de não ter as costeletas das quais Jane tanto gostava, e ela o achou mais alto do que um homem deveria ser se não jogasse basquete.

— Este é Theodore, jardineiro assistente na propriedade, mas ensinei as danças a ele, e ele faz o papel do cavalheiro na primeira noite para que nossas hóspedes possam treinar.

Ela esticou a mão.

— Oi, sou Jane.

— Não, não é! — disse a Sra. Wattlesbrook. — Você é a Srta. Erstwhile. E você não fala com ele, ele é apenas um criado. Pelo bem da Experiência, temos que agir com adequação.

A Sra. Wattlesbrook fazia Jane se lembrar da Srta. April, a rigorosa e rancorosa professora de balé de coque apertado e lábios brilhosos da época do ensino fundamental. Ela não gostava muito da Srta. April.

Quando a Sra. Wattlesbrook virou de costas para dar instruções à pianista, Jane falou apenas com movimentos labiais para Theodore:

— Sinto muito.

Theodore sorriu, um fantástico e largo sorriso que a fez reparar no quanto os olhos dele eram azuis.

— O minueto é uma dança cerimoniosa e graciosa — disse a Sra. Wattlesbrook, fechando os olhos para apreciar a música que a pianista extraía das teclas. — Ele inicia cada baile como forma de apresentar todos os membros da sociedade. Cada casal se reveza no centro para executar os passos. Um cumprimento ao público, Srta. Erstwhile, agora ao seu parceiro, e comecem.

Com a Sra. Wattlesbrook dando instruções, Jane ziguezagueou, desviou, caminhou e girou. Achou que poderia ser estranho dançar com um homem 30 centímetros mais alto do que ela, mas não era uma valsa nem uma dança lenta da época de escola. Era uma combinação delicada de movimentos, de dar e soltar mãos, virar e voltar.

Jane se viu dando risadinhas quando errava um passo ou se virava para o lado errado. Era meio constrangedor, mas ela se consolou com o fato de não rir alto. Seu parceiro sorriu, aparentemente achando graça na diversão dela. Apesar de em um baile formal eles deverem usar luvas, nesse ambiente informal, as mãos deles estavam nuas, e ela sentia os calos nas palmas do jovem sempre que ele pegava a mão dela, sentiu-o ficando mais quente conforme eles dançavam. Era estranho tocar alguém assim, tocar as mãos, sentir a mão dele em suas costas, na cintura, guiando-a pelos passos, sem conhecer nada dele. Sem nem ter ouvido o som da voz dele.

Ele passou a mão na cintura de Jane. Ela corou como uma pré-adolescente.

Depois do minueto, eles praticaram duas danças campestres. A primeira era agitada, e ela precisou aprender a "pular com elegância". Ela tinha dançado quadrilha uma vez no sexto ano (um evento trágico envolvendo o namorado nº 1), e a segunda dança a fez pensar em um morno *Virginia reel*.

— O casal da frente se desloca para cima e para baixo no centro e o restante espera — explicou a Sra. Wattlesbrook. — Em um baile com muitos casais, uma dança pode levar meia hora.

— Então era por isso que Elizabeth e o Sr. Darcy tinham tempo para conversar — disse Jane —, enquanto esperavam a vez deles de dançar.

— De fato — disse a Sra. Wattlesbrook.

Que gafe, pensou Jane, olhando para o parceiro. O que ele devia pensar dela? Uma mulher que decorou os livros de Austen e brincava de se fantasiar? Ela apreciou um pouco de flerte enquanto eles dançavam, mas estava constrangida demais para olhar nos olhos dele de novo. Quando eles terminaram, ele saiu por onde tinha entrado.

Naquela noite, Jane se sentou no colchão duro do quarto da pensão, sentindo-se perdida e bela na chemise branca, com os braços ao redor dos joelhos. O campo inglês estava emoldurado por sua janela como se fosse uma pintura, azul e roxa, abstrata na luz baixa. Ela fez uma careta ao pensar na dança, lembrando o quanto havia sido divertido até ela estragar as coisas no final. Não queria isso para essa experiência. Precisava de um bom final, o melhor final, embora sua imaginação não conseguisse elaborar exatamente como ele seria.

Os finais de todos os relacionamentos dela tinham destruído qualquer amor anterior. Na lembrança, as piadas desbotaram, as personalidades dos vários namorados se misturaram, viagens de fim de semana se resumiam ao tempo que ela demorava para coçar o pescoço. O relacionamento inteiro era condensado e reformado na mente dela para ser exclusivamente sobre o fim.

Aqui estava ela em um novo começo, com os dedos encolhidos na beirada do trampolim. Estava pronta para mergulhar. Adeus para a lista estranha de namorados numerados e para a intensidade mutante e inspirada por Austen que a levara de um fim a outro. Ela estava confiante de que essas férias, ao contrário de qualquer um dos relacionamentos anteriores, teriam um final feliz.

Vamos olhar para o passado por um momento e lembrar:
O Primeiro Amor de Jane

Alex Ripley, 4 ANOS

Alex declarou para a professora da pré-escola de Jane, para os pais e para Cindy (a garota que tinha cortado a própria franja) que ele e Jane iriam se casar. Depois de uma emocionante caçada a ovos de Páscoa no parque, ele correu com Jane para trás de uma árvore.

— Quero dar a você uma coisa que significa que vamos ficar juntos pra sempre.

Ele a beijou nos lábios sete vezes. Fez Jane pensar em bicadas de galinha. Uma bicada macia.

Naquele verão, os pais de Alex se mudaram para Minnesota. Ela nunca voltou a vê-lo.

dia 1

NA MANHÃ SEGUINTE, DEPOIS DE um enorme e substancial desjejum, Jane entrou em uma carruagem (Uma carruagem!, pensou ela), com a mala presa na parte de trás do veículo. A Sra. Wattlesbrook ficou na porta, levando um lenço aos olhos secos.

— Divirta-se, Srta. Erstwhile, e lembre-se de colocar um xale e um chapéu quando sair!

O dia estava cinzento, e uma chuva irregular batia no teto da carruagem. Jane viu passar o campo cheio de colinas e fileiras de árvores. A paisagem nova encorajava seu olhar de artista a ver em cores de tinta: folhas em verde-amarelado, os tetos distantes de uma pequena cidade em marrom-avermelhado e vermelho-cádmium, o céu azul-cerúleo. Eles passaram por um portão e uma guarita e entraram em um caminho privativo não pavimentado. A carruagem diminuiu e fez uma pequena pausa na frente de uma suntuosa mansão georgiana, com tijolos amarelos, gabletes brancos e 16 janelas na frente. Parecia limpa e quadrada, e cheia de alguma coisa secreta e maravilhosa, um presente solidamente embrulhado.

— É um belo prospecto — sussurrou Jane, provocando calafrios nela mesma.

A porta da frente foi aberta e uma dezena de pessoas saiu. Apesar do tempo, elas ficaram de pé pacientemente em duas filas, piscando por causa da chuva. Pelas roupas, Jane supôs que eram em sua maioria criados da casa, além de alguns jardineiros, com trajes mais grosseiros. Era difícil não perceber Theodore, uma cabeça mais alta do que todos os outros.

A carruagem parou e Jane sentiu um aperto no estômago. Agora que a hora tinha chegado, ela não sabia se conseguiria fingir e manter a expressão composta. Estava acostumada a usar roupas que tocavam sua cintura e seus quadris, o cabelo solto em volta do rosto, calças com bolsos na parte detrás para manter alguns dólares a mão e sapatos que permitiam que ela corresse. Ela se sentiu tão ridiculamente falsa chegando de carruagem nessa fantasia de Halloween, fingindo ser alguém importante, com todos aqueles criados e atores sabendo que ela era apenas uma mulher triste com fantasias estranhas. Ela se sentiu nua e pálida com o vestido de cintura império.

Um dos criados abriu a porta da carruagem e esticou a mão. Jane deu um gemido mudo na garganta e torceu para ele não tê-la ouvido.

Certo, certo, consigo fazer isso, disse Jane para si mesma. É claro que consigo fazer isso. Eu devia estar acostumada a fazer papel de boba agora. Esta vai ser a grande e última vez. São só três semanas, e então posso deixar essa parte de mim para trás e seguir com a vida. E talvez seja divertido. Pode até ser divertido.

Ela segurou a mão do criado, desceu da carruagem, inspirou fundo para se firmar e captou um aroma anacrônico de Polo. De alguma forma, o cheiro era tranquilizador.

— Minha querida Jane, seja muito bem-vinda! — Uma mulher de talvez uns 50 anos se aproximou da carruagem de braço dado a um homem gorducho de bochechas vermelhas. O vestido azul e o guarda-chuva vermelho eram intensos e convidativos contra o triste pano de fundo de empregados e chuva.

— Sou sua tia Saffronia, embora, é claro, você não se lembre de mim, pois não beijo suas bochechas desde seus 2 anos, quando sua mãe viúva casou-se com aquele americano e levou você para o Novo Mundo — disse ela impecavelmente, de uma vez só. — Como lamentamos sua perda! Mas é tão bom você ter vindo enfim nos visitar. Este é meu marido, Sir John Templeton. Ele está quase desmaiando de expectativa pela sua chegada.

Sir John inflou as bochechas e mastigou algo invisível.

— Vá em frente, Sir John, diga oi — falou tia Saffronia.

Sir John finalmente prendeu o olhar inquieto em Jane.

— Sim, bem, oi — disse ele.

Ele piscou preguiçosamente e, supondo que o fez como um aceno, Jane fez a reverência que a Sra. Wattlesbrook a tinha ensinado.

— Oi, tio. Como o senhor está?

— Comi presunto no desjejum. Não costumo comer presunto, com os porcos sendo animais tão imundos e não serem da propriedade. — O olhar dele voltou a ficar inquieto.

Jane tentou pensar em uma resposta apropriada a isso. Ela decidiu por:

— Viva o presunto!

— Sim, adorável — disse tia Saffronia. — Adorável, de fato. Você é adorável. Faz muito tempo que não temos pessoas jovens e adoráveis em Pembrook Park... — Ela parou de falar e levou uma unha à boca, mas puxou a mão abruptamente. Jane achou que foi um pequeno erro: a atriz roía as unhas, mas tia Saffronia, não.

Sir John limpou a garganta com mais catarro do que deixaria Jane à vontade.

— Pessoas jovens? Lady Templeton, você está se esquecendo da Srta. Charming.

— Ah, sim, é claro! Como pude me esquecer da Srta. Charming? Ela é filha de uma querida amiga e chegou ontem mesmo. Que momento feliz para você, eu acho. É muito bom pessoas jovens terem a companhia uma da outra.

Tia Saffronia segurou o braço de Jane e a levou para o andar de cima, para um quarto de tamanho confortável com uma cama com dossel, paredes azul-bebê, poucos móveis, nem um pouco gótico o suficiente para que ela ficasse tentada a procurar entalhes com o nome "Catherine Heathcliff" nas janelas. Era exatamente o tipo de quarto que Jane teria imaginado. Ela não conseguia pensar por que essa descoberta era decepcionante. Era um pouco mais desanimador descobrir que o lampião de "querosene" ao lado da cama tinha uma lâmpada com formato de chama e estava enfiada em uma tomada.

Jane dispensou a criada apropriadamente taciturna, Matilda, dizendo que descansaria até a hora do jantar, pois o fuso horário a estava fazendo sentir o peso da gravidade. Ela passou uma hora inquieta em um colchão macio, levantou os lençóis em busca da etiqueta com a marca DEVON, depois xeretou o banheiro em anexo e encontrou um vaso sanitário com descarga e uma banheira com água corrente. Foi um alívio não ter que usar comadre, mas também a fez se sentir mais culpada do que nunca. Quanto menos vigor histórico fosse observado, mais difícil era para Jane fingir que aquele evento todo era qualquer coisa além da realização de um desejo. Ela se sentiu estranha demais para descansar.

O dia continuou com uma garoa, então ela perambulou pelos corredores cor de vinho, espiando por portas abertas. A casa era perfeita. Tinha até o cheiro velho e de limpeza dos museus. Seu coração disparou um pouco, e ela sentiu como se tivesse fugido de uma visita guiada.

Ela andou por um longo corredor com janelas que davam para o norte e observou os quadros. Eram homens e mulheres de roupas engomadas, joias velhas, com paisagens campestres esmaecidas no fundo e olhares altivos. Eram maravilhosos. Ela se perguntou se essas pessoas ricas olhavam naturalmente para o mundo com tanta certeza de sua própria nobreza ou se o pintor tinha criado isso para elas. Uma coceira em sua mão a fez querer experimentar, mas ela afastou o desejo. Não pegava no pincel desde a faculdade.

Ela chegou ao último andar, então desceu, mas foi rapidamente detida por vozes vindas de uma sala de estar. Jane ainda não estava pronta para encarar pessoas de verdade, não fingindo ser a Srta. Erstwhile. Os quadros já tinham sido intimidantes o suficiente. Passos a fizeram fugir do corredor por uma porta aberta. Era um aposento grande, quadrado e vazio, com piso de madeira e sem mobília. O grande salão. O lugar onde acontecem os bailes. As paredes eram de um verde impaciente, os cristais nos candelabros piscavam sob a luz das janelas. Se Jane fosse do tipo de pessoa que procura sinais, ela teria pensado que o salão estava tremendo de expectativa por algo prestes a acontecer. Mas ela não era.

Ela se virou para sair e, pela porta do outro lado, viu o contorno escuro de um homem entrar. Ele parou. Ela parou. Não conseguia ver o rosto dele.

— Perdão — disse ele, e saiu por onde entrou.

Ela ficou olhando para onde ele estava, aliviada a princípio por não ter sido obrigada a já iniciar uma conversa, mas em pouco tempo lamentando o fato de ele ter ido embora. A mera presença dele fez o coração de Jane disparar, e a sensação despertou nela a expectativa deliciosa de coisas vindouras.

Que bom, pensou.

Enquanto ela subia a escadaria principal a caminho do quarto, esbarrou em uma mulher inclinada sobre as botas, com a curva nas costas deixando evidente que ela não estava usando espartilho.

— Maldita calçola — disse a mulher, empertigando a coluna.

Ela era peituda de uma forma nada natural, estava na casa dos 50 anos e usava cabelo pintado de preto e curto com muito laquê e um coque falso preso de um tom ligeiramente diferente. Seus olhos se arregalaram quando ela viu Jane, e a pele repuxada por cirurgia plástica se esticou ainda mais até incorporar um largo sorriso.

— Bem, oi, você é nova, não é? Meu nome é Srta. Elizabeth Charming, como Elizabeth Bennet, sabe? Mas você não gostou do sobrenome? Foi ideia da Sra. Wattlesbrook. Pensei em simplesmente escolher o nome Elizabeth Bennet porque pretendo caçar um Sr. Darcy, mas ela achou que Elizabeth Charming era mais encantador. De qualquer forma, meus amigos me chamam de Eliza. — Ela esticou a mão esquerda, e o dedo anelar ainda tinha a marca de uma aliança retirada recentemente. Jane a apertou de maneira desajeitada com a mão direita, depois fez uma reverência.

— Oi, acho que sou Jane Erstwhile.

— Você é uma daquelas americanas.

Jane franziu a testa, confusa. Obviamente, a mulher também era dos Estados Unidos, possivelmente de um estado do sul, o sotaque não deixava claro. E então Jane se deu conta de que ela estava tentando parecer britânica, exagerando na pronúncia das palavras e ocasionalmente falando um R estranho. O efeito a fez parecer uma garotinha que necessitava desesperadamente de um fonoaudiólogo.

— Ah, querida — disse Eliza com infelicidade. — Acho que não devo falar com você até sermos apropriadamente apresentadas. Vamos fingir que não nos encontramos.

Eliza voltou a descer a escada, enfiando um dos seios mais para dentro do vestido, depois se virou de novo para falar baixo e rapidamente no ouvido de Jane.

— E, aliás, tenho 22 anos. Falei para a Sra. Wattlesbrook e agora estou falando pra você. Não deixei passar um carro novo e um mês em Florença para ter 50 anos de novo. — Ela bateu no traseiro de Jane e desceu a escada, segurando as longas saias acima dos tornozelos.

NAQUELA NOITE, ELAS FORAM APRESENTADAS formalmente.

— Jane, minha querida, você está linda! — disse tia Saffronia.

Jane corou enquanto descia a escada. Ela realmente se sentia linda, mesmo que um pouco ciente demais de seus seios expostos no decote do vestido de noite. Sua criada, Matilda, a ajudara com o cabelo, prendendo um coque de cachos (ela se vangloriou por eles parecerem bem mais naturais do que o coque de plástico da Srta. Charming) e enrolando belas contas ao redor de sua cabeça. Ela era cautelosa quanto a usar vestidos com cintura império, mas a sensação do tecido e o tom esplêndido de ferrugem e amarelo do traje de noite a fizeram se sentir tão diferente que ela se preparou para iniciar o faz de conta.

Você consegue, você consegue, cantarolava ela silenciosamente como se estivesse se preparando para um golpe de kickboxing. Ela odiava kickboxing.

— Jane, eu gostaria de apresentar você à nossa hóspede, a Srta. Elizabeth Charming, de Hertfordshire.

— Como vai, Srta. Erstwhile? — disse a Srta. Charming, com os lábios contraídos e tremendo com o esforço de fazer um sotaque britânico. — Espero que esteja excelente.

— Como vai?

As duas fizeram reverências, e a Srta. Charming fez um "shh" silencioso com os lábios, como se Jane fosse entregá-la pelo encontro na escada. Jane teve uma explosão de instinto maternal que a fez querer acalentar a Srta. Charming e ajudá-la nesse labirinto louco na Austenlândia. Se ao menos ela soubesse o caminho.

— A Srta. Charming tem a sua idade, acredito eu — disse tia Saffronia.

— Ah, não, tia, tenho certeza de que a Srta. Charming está nos primórdios da juventude, com bem menos anos do que eu.

A Srta. Charming deu risadinhas. Tia Saffronia sorriu graciosamente ao tomar o braço de Jane, e as três seguiram para a sala de visitas. Quando elas entraram, dois cavalheiros ficaram de pé.

Ah, os cavalheiros.

Eles usavam coletes de gola alta, *cravats*, casacos abotoados com cauda e as calças apertadas que levavam a mente de Jane à loucura em várias noites tediosas de quinta-feira. O coração dela bateu no peito como uma abelha em uma janela, e tudo pareceu chegar mais perto, o mundo pressionando-a, insistindo que tudo era real e estava ali para ela tocá-lo. Ela estava mesmo ali. Jane colocou as mãos para trás para o caso de tremerem de ansiedade.

— Jane, eu gostaria de apresentar o coronel Andrews, primo de Sir John e segundo filho do conde Denton. Ele passou a temporada de caça aos perdizes conosco e tivemos sorte de convencê-lo a ficar para a temporada de faisões. Coronel Andrews, esta é minha sobrinha dos Estados Unidos, a Srta. Jane Erstwhile.

O coronel Andrews tinha cabelos claros, ombros imponentes e um sorriso fácil. Não poderia parecer mais feliz em vê-la, e fez uma reverência sem afastar o olhar do rosto dela.

— Que prazer, é um prazer muito agradável, realmente.

— A própria maneira como o tom dele deslizava pelas palavras conferiu-lhe um encanto delicioso e ousado que fez Jane querer beijá-lo no mesmo momento.

Hum, talvez ela conseguisse fazer isso.

— E este é o amigo dele, Sr. Nobley — disse tia Saffronia —, que aceitou nos honrar com sua presença durante parte da temporada de caça enquanto sua casa passa por uma reforma.

O Sr. Nobley era mais alto do que o coronel Andrews, e seu maxilar não precisava das costeletas para ser marcante. A linha dos ombros o identificava como o mais provável a ser o homem misterioso do salão. Na luz, ela o achou bonito, de uma maneira meio taciturna.

É claro, pensou Jane, um homem para cada tipo no bufê. Achei ótimo.

O Sr. Nobley fez uma reverência rígida e saiu andando para olhar pela janela.

— Como vai? — disse Jane para as costas dele.

Tia Saffronia riu.

— Não ligue para o Sr. Nobley. Ele está irritado por estar preso aqui com a aristocracia rural sem importância, não é, senhor?

O Sr. Nobley olhou para tia Saffronia.

— Não sei o que a senhora quer dizer. — Seus olhos se dirigiram a Jane.

Ela se viu pensando: Será que ele me acha bonita? Depois, pensou: Não seja boba, é tudo atuação. E depois se deu conta: Que divertido!

— E vocês, cavalheiros, já tiveram a oportunidade de conhecer a Srta. Charming.

— Certamente — disse o coronel Andrews, fazendo outra reverência.

— Vocês sabem que podem me chamar de Lizzy, rapazes.

Jane olhou para tia Saffronia, perguntando-se o que aconteceria em relação a esse pedido. De acordo com as Regras, era completamente impróprio um homem chamar uma mulher pelo primeiro nome, a não ser que eles fossem noivos. Antes que tia Saffronia pudesse falar ou que a Sra. Wattlesbrook pudesse aparecer como que por magia com um olhar reprovador, o coronel Andrews salvou a situação.

— Eu jamais sonharia em cometer tal desonra, Srta. Charming. — A voz dele retirou todo o encanto do nome dela, e ele sorriu com uma expressão astuta e provocadora.

A Srta. Charming riu.

— *Tallyho.*

Ah, não, pensou Jane ao observar o diálogo, com o pânico envolvendo seu coração. Ah, não, ah, não, eles vão pensar que sou uma Srta. Charming. Não quero ser uma Srta. Charming!

Ela tentou chamar a atenção do Sr. Nobley e de alguma forma sorrir ou piscar ou fazer alguma coisa para indicar que ela jamais diria "*tallyho*". Ele não tirou os olhos da janela e, depois de alguns minutos, Jane se sentiu aliviada. Em uma explosão de pânico, ela chegou a ficar pronta para *piscar* para ele. Eca.

O sino do jantar tocou. Sir John, que estava afundado em uma poltrona, se levantou e ofereceu o braço à Srta. Charming. Ele deu um tapinha na mão dela e resmungou em uma voz alta demais:

— Vamos torcer para haver ave suficiente hoje. Meu estômago não está nada disposto a encarar carneiro cozido.

Tia Saffronia tomou o braço do Sr. Nobley, deixando Jane e o coronel no final do cortejo da sala de visitas até a sala de jantar. A organização dos pares disse duas coisas a Jane: o Sr. Nobley devia ser muito rico e ter boas ligações para ficar superior ao segundo filho do conde, e ela era a mulher com posição mais baixa. Ela achava que isso não era surpresa, considerando que não era o "tipo habitual de hóspede".

Eles tomaram sopa de pombo com limão e aspargos, depois encheram os pratos no estilo self-service regencial, com peixe e faisão, aipo cozido e pepino. Uma tigela de alguma coisa parecida com creme de maçã foi servida de sobremesa, ao mesmo tempo que o vinho foi trocado por vinho Madeira. A comida estava gostosa, embora um pouco sem graça. Quando a comida indiana chegaria à Inglaterra para dar um temperinho? Jane achava que seria ótimo um curry decente.

Tia Saffronia manteve a conversa fluindo, falando sobre o tempo, o estado dos faisões no parque este ano e os feitos de conhecidos míticos na capital. Jane não falou muito durante o jantar, ainda incomodada pela mudança de fuso horário e curiosa para observar antes de abrir a boca e se fazer passar por tola. O Sr. Nobley também quase não falou. Não que ao lado dele a Srta. Charming não tivesse feito o seu melhor.

— O que o senhor acha do meu vestido, Sr. Nobley?

— É muito bonito.

— O senhor gostou do peixe?

— Sim, o peixe está muito bom.

— Tem alguma coisa no meu olho? — Isso dito com um contorcionismo na direção dele, com os seios fartos pressionados contra o ombro dele.

Era impossível a Sra. Wattlesbrook encontrar um espartilho em que coubesse aquilo, pensou Jane.

— Eu... infelizmente, não consigo enxergar muito bem nesta luz baixa — disse o Sr. Nobley sem realmente olhar.

A Srta. Charming riu.

— O senhor é um sujeito e tanto, Sr. Nobley. Verdadeiramente!

Depois do jantar, as damas se retiraram para a sala de visitas enquanto os homens ficaram na sala de jantar para cheirar rapé e tomar vinho do Porto, atividades que as Regras proibiam que eles fizessem na frente das mulheres. Tia Saffronia se sentou entre um lampião de querosene de verdade e um elétrico, bordando e conversando sobre os cavalheiros, enquanto a Srta. Charming andava pela sala.

— O coronel é todo gentileza, não é, Srta. Charming? Ele tem uma reputação tão triste na cidade, como ouvi, por bebedeiras e jogatinas e coisas do tipo. Mas eu pergunto: o que mais um homem jovem e descompromissado tem para fazer com o fim da guerra, felizmente, e sendo o filho mais novo e sem título? É uma ótima coisa a mãe dele não estar viva, que descanse em paz, para ver como ele está. Agora o Sr. Nobley, é claro, é muito respeitável, talvez respeitável demais, o que você diz, Jane? Não tem título, mas um nome de família antigo e sólido e terras maravilhosas. Ele será uma referência firme para o coronel, um remo sólido para um barquinho perdido.

Ele tem conexões tão boas e uma atitude tão digna, embora eu brinque que ele parece um pouco formal...

— Eles precisam mesmo tomar o Porto sozinhos? — perguntou a Srta. Charming, dobrando a velocidade de caminhada. — Não podem vir mais rápido?

— Ah, aqui estão eles — disse tia Saffronia.

Jane sentiu um leve aroma de álcool e tabaco chegar antes deles, e os cavalheiros surgiram triunfantes: o coronel estava resplandecente, o cavalheiro, carrancudo e o marido, enfastiado.

Tia Saffronia propôs um jogo animado de *whist* para passar a noite. A Srta. Charming, parecendo cansada de tentar atrair o Sr. Darcy que havia no Sr. Nobley, garantiu o coronel Andrews como parceiro. Jane jogou com tia Saffronia. Quanto ao restante do grupo, Sir John estava tomando o que havia em uma garrafa de cristal (provavelmente cheia de suco de cereja, supôs Jane), enquanto o Sr. Nobley lia um livro e ignorava todo mundo de maneira geral.

Jane se concentrou nas regras do *whist*, pois estava perdendo horrivelmente. Ela se sentia uma roupa lavada à mão, esfregada, pesada e pronta para ser esticada para secar. Seu cérebro viciado em rotina nunca lidava bem com as mudanças de fuso horário, e as cartas, a conversa e a exaustão se misturaram, deixando-a tonta. Ela ergueu o olhar para se firmar no ambiente que a cercava.

O Sr. Nobley estava absorto em seu livro. Ela olhou para a esquerda. O coronel Andrews estava sorrindo para ela, ciente do quanto ele era delicioso. Ao redor dela havia paredes amarelas, ornamentos georgianos vistosos, o cheiro deliciosamente histórico de cera de madeira e querosene. Ela olhou para si mesma, vestida com tecido estrangeiro, com o decote envolto por cetim da cor de ferrugem, os pés apoiados em um tapete oriental. Estava completamente ridícula. Ao mesmo tempo, queria bater os pés no chão e gritar como uma adolescente convidada para o baile. Ela estava aqui!

E se isso fosse um romance de Austen, os personagens estariam prontos para alguma zombaria agora. Jane limpou a garganta.

— Sr. Nobley, Lady Templeton disse que Pembrook Park vai dar um baile em 15 dias. O senhor gosta de dançar?

— Dançar é algo que eu tolero — respondeu ele em tom seco. — Posso dizer que aprecio uma *boa* dança, embora nunca tenha participado de uma.

— Escandaloso! — disse tia Saffronia. — O senhor dançou neste salão várias vezes, e eu o vi acompanhar muitas boas moças à pista de dança. O senhor está dizendo que nenhuma delas se qualifica como uma boa dança?

— A senhora pode escolher entender meus comentários da forma que preferir.

Jane olhou com raiva. Da maneira dele, estava insultando a querida tia Saffronia! Espere, não, ele não estava, os dois eram atores fazendo seu papel. Estar dentro desta história era um pouco mais surreal do que ela esperava. Por exemplo, se isto fosse real, ela acharia a arrogância do Sr. Nobley irritante e sua autoabsorção incrivelmente chata. O personagem merecia ser desacreditado.

— Suponho que a falta desse acontecimento tenha sido culpa das suas parceiras, Sr. Nobley? — perguntou Jane.

O Sr. Nobley pensou.

— Delas, sim, e parcialmente minha. Não consigo imaginar uma dança como algo realmente agradável a não ser que os dois parceiros sejam equivalentes em nível, graça e aptidão, assim como gostem naturalmente um do outro.

— Pode-se dizer o mesmo sobre conversas.

— De fato, pode-se dizer — concordou ele, virando a cadeira para ela. — Somos malfadados por nossa sociedade exigir que nos envolvamos em conversas e danças indignas como forma de agirmos com cortesia, mesmo tais ações sendo simplesmente vulgares.

— Mas, por favor, diga, Sr. Nobley — continuou Jane com entusiasmo —, como se pode descobrir se a outra pessoa tem o mesmo nível, graça e aptidão, e como se pode detectar uma afeição natural sem antes se envolver em conversas e reuniões sociais? O senhor diria que um caçador é vulgar ao cruzar os campos e só digno quando dispara na presa?

— Acho que ela o pegou, Sr. Nobley — disse o coronel Andrews com uma gargalhada.

A expressão do Sr. Nobley não mudou.

— Um caçador não precisa passar horas com um faisão para saber que ele seria um bom jantar. Um faisão não passa do que realmente parece, assim como galinhas, raposas e cisnes. As pessoas não são diferentes. Algumas podem precisar de infinitas horas de tagarelice e danças para saber o valor das outras. Eu, não.

Jane transformou o queixo caído em um sorriso.

— Então o senhor consegue identificar o valor, o mérito, a nobreza de uma pessoa só com um olhar?

— A senhorita não? — A expressão dele carregava um leve desafio. — A senhorita pode me dizer que nos primeiros momentos depois que conheceu cada pessoa desta sala não tinha formado uma avaliação firme da personalidade delas, que até este momento não questionou?

Ela abriu um leve sorriso.

— O senhor está correto. No entanto, espero que, ao menos em um aspecto, minha primeira impressão acabe se provando não ser *completamente* precisa.

Houve um silêncio tenso, e o coronel Andrews riu de novo.

— Excelente. Sensacional. Nunca ouvi ninguém repreender o velho Nobley assim. — Ele bateu na mesa com entusiasmo.

— Vamos, Srta. Erstwhile — disse a Srta. Charming —, é sua vezinha.

Jane jogou a carta e, depois de um momento, roubou um olhar ao Sr. Nobley. Ele a estava observando, e, quando afastou o olhar, a culpa traiu sua serenidade forçada. Sir John, com um copo quase vazio tremendo na mão, roncou enquanto dormia no sofá. Jane ouviu a Srta. Charming dizendo "que belezinha" de novo, viu o coronel Andrews dar um sorriso malicioso para ela e perguntou-se se não era a hóspede mais bonita e mais inteligente que eles tinham havia algum tempo. Ou de todos os tempos.

Tudo estava indo de maneira esplêndida.

E aqui começamos a malfadada lista numerada
dos namorados de Jane.

Namorado nº 1

Justin Kimble, 12 ANOS

De acordo com a avaliação do sexto ano, Jane e Justin "saíam" desde o quarto ano, quando ele compartilhou a balinha Pixy Stix com ela durante uma festa à fantasia da turma. Isso significava que Justin às vezes a empurrava no corredor, Jane dava a ele cartões significativos (eu "coração" você) e, sempre que recebiam um telefonema de "avaliação" pedindo que eles classificassem os colegas em aparência e personalidade, os dois classificavam o outro com a nota dez.

E então chegou o fatídico dia em que a Sra. Davis leu a lista de alunos e deixou que cada menino escolhesse a parceira de quadrilha para a apresentação de "Viva a Cultura!" que se aproximava.

A Sra. Davis chamou o nome de Justin.

Jane se sentou ereta.

Justin disse: "Hattie Spinwell."

Hattie jogou o cabelo para trás.

Anos depois, havia poucas coisas das quais Jane desconfiava tanto quanto as palavras "escolha do homem".

Dias 2-4

NA MANHÃ SEGUINTE, ELES ESPERAVAM a visita de uma hóspede de Pembrook Cottage, mas a chuva estava tão densa que Jane se sentiu presa, como se a propriedade fosse cercada por um fosso. Pelo menos, o tempo impediu os cavalheiros de sair para caçar.

— Vocês vão adorar Amelia Heartwright — disse tia Saffronia enquanto as damas bordavam na sala de estar.

Jane olhou para as pequenas flores e para os campos de pontos de cruz de sua tia, tudo feito com muito capricho. Ela estava transformando seu molde de cesta de frutas em um amontoado que parecia uma cornucópia surrada e abandonada. A Srta. Charming tinha abandonado o bordado para ficar perto da porta, pronta para o primeiro sinal da volta dos cavalheiros do jogo de sinuca.

— Ela morou na cidade no ano passado e está voltando para o interior para cuidar da mãe, que está com a saúde debilitada. A mãe, a Sra. Heartwright, é a tia viúva de Sir John. É muita bondade dele dar o chalé para ela. Não vejo Amelia Heartwright há pelo menos um ano. Na última vez que ela esteve aqui... — Tia Saffronia olhou para o corredor e para a janela, como se desconfiando da presença de pessoas xeretando. Ela baixou a voz. — Na última vez que ela esteve aqui, percebi uma ligação entre ela e um jovem marinheiro, um certo George East, de boa família, mas sem possibilidades reais. Não sei o que se sucedeu a eles. A Srta. Heartwright voltou para a cidade e o Sr. East, para o mar, eu acho. Uma pena, mesmo ele sendo pobre como um fazendeiro. Eles pareciam se gostar muito, mas corações jovens são coisinhas instáveis, não acha, Srta. Charming?

— O quê? — A Srta. Charming parou de andar de um lado para o outro. — Quero dizer, como? Isso mesmo.

Os cavalheiros, para o júbilo visível da Srta. Charming, concluíram o jogo de bilhar e se juntaram às damas para uma refeição leve e chá, charadas e fofocas. Jane se sentou ao lado do coronel Andrews. Ele tinha um sorriso deslumbrante. Quase saía do rosto dele atingindo tudo ao redor.

Outro dia, outra noite seguida de refeições agradáveis, conversas em ambientes fechados, tardes relaxantes vendo a chuva bater nas janelas. Nenhum grande evento aconteceu, o que Jane considerou um alívio. Ela ainda se sentia murcha e insegura na pele dessa nova pessoa de faz de conta, e achava de verdade que não conseguiria aguentar declarações falsas de amor e envolvimentos de mentira. Ainda faltavam 18 dias. Haveria tempo para comemorar seu último grito de vitória, de encarar o Sr. Darcy e dizer adeus para sempre. Então, por ora, ela relaxou. Não conseguia se lembrar da última vez em que se deu ao luxo de tirar um cochilo à tarde. Parecia um escândalo.

Mas quando a chuva parou, no terceiro dia, seus músculos despertaram e a repreenderam por passar tanto tempo sentada. Havia quase uma semana que ela não fazia nada que o bom senso poderia considerar como "exercício". Ela não era maníaca por saúde (essas pessoas às vezes conseguiam ser bem irritantes), era apenas um pouquinho obsessivo-compulsiva — muito obrigada — e o se não seguisse sua compulsão por se exercitar muito, o corpo surtaria e começaria a exigir que comesse açúcar o suficiente para afetar seu pâncreas. Ela andou pela casa grandiosa e não achou nenhuma academia escondida (a Cliente Ideal da Sra. Wattlesbrook, aparentemente, insistia em ter rímel, mas não aparelhos de ginástica), então Jane pediu licença depois do café da manhã com salsicha e *jellied-egg*, dizendo que desejava uma caminhada solitária pelos jardins. Estava usando o vestido diurno de que menos gostava (o cor-de-rosa com pequenos botões rosados que pareciam manchas de molho de tomate) e não temeu sua destruição quando, longe das janelas da casa, levantou-o acima dos joelhos e correu.

Era estranho correr de botas de cano curto, com o estalo dos pés sem amortecimento, que não demoraram a insistir que ela diminuísse o ritmo para uma caminhada mais veloz. Mesmo assim, andar rapidamente de espartilho era energético de uma forma surpreendente, e em pouco tempo o dia frio de outono começou a parecer um verão quente do Texas. Ela estava sentada em um banco, as saias recolhidas sobre as coxas e os cotovelos apoiados nos joelhos, tentando acalmar a respiração, quando ouviu uma voz masculina.

— Hum, acho que devo informá-la que estou aqui.

Jane se sentou ereta, puxando rapidamente as saias para baixo até os tornozelos. Estava usando calçolas, é claro, mas ainda parecia imoral sentar-se daquela forma com trajes do ano 1816. Ela olhou ao redor e não viu ninguém.

— Onde você está? — perguntou ela.

Theodore, o parceiro de dança, apareceu atrás do arbusto bem à frente dela. Sua altura impressionante fez parecer que ele estava lentamente se expandindo enquanto ficava de pé, como um caramelo sendo esticado.

— O que você estava fazendo aí atrás?

— Sou jardineiro — disse ele, levantando a pá e a enxada como se demonstrando as evidências. — Eu só estava trabalhando aqui, não pretendia espionar.

— Você, hã, me pegou aqui em um momento nada delicado. A Sra. Wattlesbrook provavelmente me daria uns tapas nas orelhas.

— Foi por isso que falei. Eu queria que você soubesse que não estava sozinha antes de fazer alguma coisa... alguma coisa pior.

— Como o quê?

— Qualquer coisa que as mulheres façam quando pensam que estão sozinhas. — Ele riu. — Não sei. Não sei o que estou falando, você me surpreendeu, e eu apenas... — O sorriso dele desapareceu. — Me desculpe, não devo falar... Não devo falar com você.

— Bem, já falou. Podemos muito bem ser apresentados de forma apropriada desta vez, sem a velha Wattlesbrook xeretando. Sou Jane.

— Theodore, o jardineiro — disse ele, limpando a mão e oferecendo a ela. Jane a apertou perguntando-se se eles deveriam estar fazendo reverências, mas é isso que se faz com um jardineiro? A conversa toda parecia proibida, como um capítulo secreto de Austen que ela descobriu escrito à mão em algum arquivo esquecido.

— Os jardins estão lindos.

— Obrigado, senhora.

Senhora?, pensou ela.

— E então — disse ele, com os olhos observando tudo menos o rosto dela —, a senhora é das antigas colônias?

Ela olhou para ele com atenção para tentar identificar se estava falando sério. Ele olhou para ela, depois para baixo de novo e fez uma espécie de reverência. Ela riu.

Ele jogou a enxada no chão.

— Não consigo atuar assim. Pareço um tremendo idiota.

— Por que você teria que *atuar* em alguma coisa?

— Devo ser invisível. Você não sabe todas as palestras que ouvimos sobre o assunto: ficar fora do caminho, olhar para baixo, não incomodar os hóspedes. Eu não devia ter dito nada, mas tive medo de ficar preso atrás daquele arbusto o dia todo tentando não dar um pio. Ou pior, de você me descobrir depois de um tempo e achar que eu era um lunático tarado tentando espiar debaixo da sua saia. Assim, seja como for, como você vai?, sou Martin Jasper, originalmente de Bristol, criado em Sheffield, gosto de rock dos anos 1970 e caminhadas na chuva, e, por favor, não conte à Sra. Wattlesbrook. Preciso deste emprego.

— Não acho que a Sra. Wattlesbrook seja bem o tipo de mulher a quem eu ficaria tentada a confidenciar alguma coisa. Não se preocupe, Martin.

— Obrigado. Acho que devo deixar você com suas coisas de dama. — Ele pegou as ferramentas e saiu andando.

Jane ficou olhando para ele, certa de que ele era meio doido, mesmo sendo bonito. Por outro lado, talvez muitas mulheres idosas e ricas de 20 e poucos anos tivessem dedurado criados no passado. Ele provavelmente tinha o direito de ser paranoico. Jane só queria que ele soubesse que ela era diferente. Falar com uma pessoa real foi como tomar um copo de água gelada depois de muito ponche doce.

Jane estava se apressando para voltar para casa com esperanças de um banho de banheira antes da visita prometida de Pembrook Cottage daquela tarde. Ela dobrou uma esquina e deu um encontrão no Sr. Nobley e no coronel Andrews vindo da direção oposta.

— Perdão! — disse ela, recuando. Ela estava com medo de estar com cheiro de suor depois da caminhada rápida e secreta, mas talvez o exercício também tivesse corado suas bochechas e dado um brilho aos seus olhos. Não custava ter esperanças.

— Nós é que pedimos perdão — disse o coronel. — Eu estava contando ao Sr. Nobley aqui, acho que a divina Srta. Erstwhile fugiu para os jardins sozinha. Vamos ver se conseguimos encontrá-la.

— Ah.

Jane cambaleou. Aquele encontro com uma pessoa real tinha mexido com ela mais do que se dera conta. O vestido caía-lhe sobre os ombros como um saco de batatas, o chapéu parecia uma viseira, a luz do sol lhe arranhava a pele.

— Acho que não consigo fazer isso — sussurrou ela, baixo demais para qualquer pessoa ouvir.

— Eu diria, Srta. Erstwhile, que a senhorita perdeu a língua hoje — disse o coronel Andrews. — Que segredos sua boca está tentando guardar? Eu tenho que saber!

— Pare, Andrews — disse o Sr. Nobley, chegando ao lado dela para lhe segurar o braço. — Não consegue ver que ela não está bem? Vá pegar um pouco de água.

O rosto do coronel ficou sério de repente.

— Mil desculpas, Srta. Erstwhile. Sente-se. Retornarei rapidamente. — Ele saiu na mesma hora em direção a casa.

O Sr. Nobley colocou o braço por trás das costas dela e a guiou até uma pedra ali perto, ajudando-a a sentar-se como se ela fosse quebrar caso ele respirasse em cima dela. Por mais que ela protestasse, ele não a soltou.

— Se a senhorita me permite — disse ele, agachando-se ao lado dela —, vou carregá-la para dentro.

Ela riu.

— Uau, isso parece divertido, mas estou realmente bem. Não me sinto mal, só me sinto uma pateta, e essa não é uma doença que a água cure.

— Está com saudades de casa?

Jane suspirou, desejando a companhia de Molly, mas tudo o que tinha era este estranho homem de costeletas que costumava ser tão tedioso quanto a cor cinza e tão sem graça quanto aveia. Mas pelo menos ele estava ouvindo. Ela se inclinou para a frente e cochichou, para o caso de a Sra. Wattlesbrook ter instalado microfones nos arbustos.

— Não sei se consigo fazer isso. — Ela balançou a saia do vestido. — Não sei se consigo fingir.

Ele olhou para ela sem piscar por tempo o suficiente para deixar Jane desconfortável.

— Você está falando sério — disse ele por fim. — Srta. Erstwhile, por que a senhorita está aqui?

— Você iria rir de mim se eu contasse — sussurrou ela. — Não, espere, não iria, não é típico de seu personagem.

Ele piscou como se ela tivesse jogado água no rosto dele.

— Isso pareceu rude? Eu não pretendia. Ugh, estou tão cansada. Só quero me deitar e dormir até ser eu mesma de novo, mas eu só tenho sido metade de mim ultimamente, e achei que vir para cá me permitiria retirar essa parte de mim pra que eu pudesse ser eu de novo. Acabei de falar "eu" um monte de vezes, não foi?

Ele sorriu brevemente. Ela reparou que os olhos dele eram escuros, de um caloroso tom castanho, e reparar nisso os tornou um pouco mais reais para ela, não tanto um personagem, mas uma pessoa que ela realmente poderia conhecer.

— Me conte, Sr. Nobley, ou seja lá qual for seu nome, como você faz isso? Como finge?

A pergunta dela pareceu afetá-lo tão profundamente que ele prendeu a respiração. Jane ficou surpresa por reparar na respiração dele, mas então se deu conta do quanto os rostos deles estavam próximos, do quanto tinha se inclinado para a frente com a intenção de sussurrar.

— Srta. Erstwhile — disse ele categoricamente, sem se mexer —, pode executar sua farsa o quanto quiser, mas não tente me encurralar. Não vou cantar para a senhorita.

Ele ficou de pé com um olhar de raiva, depois virou de costas e deu três passos.

Ela ficou sentada na rocha, parada, com as entranhas zumbindo como uma colmeia sacudida e jogada longe. Quase pediu desculpas, mas se conteve.

Pedir desculpas por quê?, pensou ela. Ele é um homem mau, desagradável e odioso. Não há nada de Darcy nele. E não preciso dele para passar por isso. Consigo ir até o fim; quero fazer isso.

Ela espumou de raiva olhando aquelas costas vestidas de paletó, e a fúria ajudou-a a afastar a delicadeza. Ela olhou para baixo e respirou.

Que seja o vestido, disse ela para si mesma. Que seja o chapéu, Jane. Medo de palco, não passa disso. Só estou com medo de fazer papel de boba. Então, pare. Admita que é uma boba e faça isso para poder seguir em frente.

Ela ajeitou o corpete do vestido. Fechou os olhos e tentou captar a sensação de um diálogo de Austen; era como tentar cantarolar uma música enquanto se ouvia outra. Quando ela abriu os olhos novamente, o coronel Andrews estava correndo pelo gramado, com um copo de água balançando nas mãos.

— Eu peguei! Eu peguei a água! Não tema. — Ele fez uma reverência ao entregar o copo para ela, dando aquele sorriso largo. Ela o pegou e bebeu o líquido. A água tinha gosto de minerais e era fria como se tivesse vindo das profundezas da terra, como se tivesse sido tirada de um poço. A água tremeu em sua barriga. Jane era capaz de seguir com isso.

— Bem, cavalheiros. — Ela respirou fundo e sorriu para o coronel. — Agora que os senhores me encontraram e me hidrataram, o que farão comigo?

— Que pergunta maravilhosa! Como devo responder? — O coronel Andrews deu uma risadinha baixa e maliciosa. — Não, serei um bom rapaz. E então, em que aventura a senhorita estava antes de nos encontrarmos? Em um encontro com um amante clandestino ou seguindo um mapa de tesouro escondido?

— Jamais contarei — disse ela.

O rosto de Nobley permaneceu impassível e, quando ele falou, sua voz estava tomada de tédio formal.

— Era minha intenção ir cavalgar e deixar a senhorita em paz, se desejava tanto caminhar sozinha.

— Mas não vou deixar — disse o coronel Andrews. — Depois de toda aquela chuva, há lama demais para uma caçada, e preciso de diversão, então a senhorita deve ir cavalgar conosco agora que a pegamos. A senhorita é minha borboleta, e me recuso a soltá-la.

Ela segurou o braço do coronel e eles saíram andando para o estábulo, e então ela virou-se para a voz encantadora e suave dele. Ele fez pergunta atrás de pergunta para Jane, prestou atenção nas respostas e ficou totalmente absorto na conversa dela como se ela fosse um romance que ele não conseguia parar de ler, e o interesse dele a jogou de volta no personagem de Srta. Erstwhile.

O Sr. Nobley andou ao lado dela, depois cavalgou ao lado dela, mas não disse mais nenhuma palavra. Ela tentou apreciar a cavalgada no animal pateticamente dócil, mas o silêncio do Sr. Nobley era como um tapa. Ele não parecera humano por um momento, antes de ficar cruel e virar as costas? Não, era engano, apenas a maldita esperança dela construindo castelos de novo onde só havia lama. Ela errou ao tentar baixar a cortina da Regência com aquele homem. Ele era um ator. Ela não cometeria esse erro de novo.

É claro que ela retribuiu o silêncio do Sr. Nobley. Alguma coisa na forma como ele olhava para ela a fazia se sentir nua; não nua-sexy, mas nua-constrangida, nua-ele-vê-minha-idiotice-e-sabe-que-sou-uma-mulher-boba. E ela ainda estava cavalgando no mundo real e na Austenlândia de forma precária demais para olhar nos olhos dele de novo naquele dia.

O coronel a fez rir e esquecer e, então, apesar de se sentir um tanto pegajosa e tola e enrolada em um saco de batatas, Jane teve uma tarde bem agradável. Ela ficou procurando o jardineiro alto, torcendo para que ele não a visse fingindo ser uma dama com dois cavalheiros fantasiados. E então, por um momento, torcendo para que ele a visse.

Jane conseguiu tomar seu banho de banheira e se sentiu mais sensual por causa dele, com cintura império e tudo. Assim, limpa e sexy, e agarrada ao seu eu falso da Austenlândia, ela esperou, naquela tarde, na sala de estar, pela visita tão aguardada das moradoras de Pembrook Cottage. Jane estava usando um daqueles pequenos xales transparentes sobre os ombros e amarrado na altura do peito, reconhecendo com propriedade que os seios regenciais deviam ser cobertos durante o dia. O xale de renda da Srta. Charming mal cobria a base do decote, intimidado pela grande extensão dos seios da mulher.

A Srta. Charming abanava o pescoço com a mão. Jane fazia o mesmo. O vestido era de musselina leve, mas por baixo havia a chemise, o espartilho e as meias presas às coxas por cinta-liga, e o sol do outono estava vigoroso naquele dia, entrando pelas janelas e inundando o aposento. Jane esperou timidamente pelo som do ar-condicionado sendo ligado. Não teve tanta sorte.

Ao ouvir da campainha, Jane e a Srta. Charming se levantaram dos sofás, ajeitaram as saias e escutaram a criada receber os visitantes. Os homens estavam em algum outro lugar, é claro. Tia Saffronia esperava no saguão.

— Sei o que você está pensando — disse a Srta. Charming, sem sinal do sotaque britânico falso.

— Eu ficaria muito impressionada se soubesse. — Bem naquele momento, Jane estava fantasiando com uma sopa de chocolate, uma sobremesa que ela tomara em um elegante restaurante na Flórida. Não havia chocolate em Pembrook Park, embora ela não conseguisse descobrir se a falta dele estava ajudando ou atrapalhando sua tentativa de faz de conta.

— Você está torcendo para Amelia Heartwright ser uma coisa velha e nada atraente e para que os rapazes não gostem nada dela. Estou certa? — A Srta. Charming se balançou sobre os dedos dos pés.

— Na verdade, agora que você tocou no assunto... — A Srta. Charming tinha feito uma excelente observação. Jane deu-lhe um sorriso sem graça.

As duas ficaram decepcionadas.

— Garotas! Olhem quem finalmente chegou. A Srta. Amelia Heartwright. Srta. Heartwright, eu gostaria de lhe apresentar a Srta. Elizabeth Charming e minha sobrinha, a Srta. Jane Erstwhile.

As três damas fizeram reverências e baixaram as cabeças, e Jane reparou no quanto a reverência da Srta. Heartwright pareceu natural e elegante. Ficou claro que ela já tinha ido lá e estava de volta, uma das clientes ideais da Sra. Wattlesbrook. Ela conheceria o sistema, os jogadores, a linguagem e os costumes. Seria uma adversária formidável.

E era linda. O cabelo louro (de aparência natural) era comprido e se enrolava em vários cachos ao redor do rosto. Tinha uma fisionomia franca e honesta (que tinha até formato de coração, como aqueles escritores antigos poderiam dizer), bochechas e lábios rosados e adoráveis olhos azuis. Era magra e alta e não passava de 39 anos nem por um dia. Tinha no máximo 43.

Jane coçou o tornozelo com o dedão do pé por baixo da saia. A Srta. Charming olhou com raiva.

— Mamãe lamenta, Lady Templeton, mas está exaurida hoje — disse a Srta. Heartwright com um sotaque britânico verdadeiro irritante. — Ela me pediu que trouxesse estas maçãs de nosso pomar.

Tia Saffronia pegou a cesta.

— Adorável! Eu as darei para o chef e veremos que delícia esplêndida ele consegue fazer com elas. Você precisa ficar para o jantar, Amelia. Eu insisto.

— Obrigada, ficarei.

Jane e a Srta. Charming trocaram olhares de testas franzidas.

As quatro damas se sentaram e conversaram, ou melhor, a Srta. Heartwright e tia Saffronia conversaram enquanto Jane e sua aliada infeliz ouviam, mexendo, mal-humoradas, em seus bordados. Mas, dentre outras qualidades, a Srta. Heartwright era generosa com sua atenção.

— Srta. Erstwhile, você gosta de romances?

— Gosto, sim.

— Sei que são coisas maliciosas, mas eu devoro romances. *O castelo de Otranto* me deixou arrepiada.

— Sim, como esquecer o elmo gigante? — Jane tinha feito o dever de casa sobre romances góticos alguns anos antes, felizmente, em uma tentativa de apreciar *A Abadia de Northanger*. — Mas os escritos da Sra. Radcliffe são meus favoritos, particularmente *Os mistérios de Udolpho*.

A Srta. Heartwright bateu palmas de satisfação.

— Maravilhoso! Vamos ter tanto o que conversar. Espero que você visite o chalé com frequência durante sua estada.

Jane foi poupada de dar uma resposta quando a criada anunciou que os cavalheiros haviam retornado dos campos.

— Traga-os aqui, obrigada — disse tia Saffronia.

Os cavalheiros entraram, elegantes em seus trajes esportivos, brutos e belos em cinza e marrom, com aroma de grama e animais. Jane ficou de pé, pensando se uma mulher de 1816 se levantaria para homens, e mexeu no bordado, deixando que caísse no chão. O coronel Andrews se inclinou para pegá-lo. Ela captou um aroma de tabaco no hálito dele, o que danificou apenas um pouco o efeito agradável do sorriso encantador de perto.

Os cavalheiros lembravam-se da Srta. Heartwright do ano anterior, é claro, e houve um reencontro cordial. Cordial? Jane admitiu que os dois pareceram *incrivelmente* felizes em vê-la. Bem, o coronel ficou radiante e o Sr. Nobley foi educado, mas não houve uma troca de olhares entre eles? Será que eles, a encantadora Srta. Heartwright e o frio Sr. Nobley, tinham uma *história*?

— O senhor está com uma ótima aparência, Sr. Nobley — disse a Srta. Heartwright. Jane quase arfou. Quem dizia coisas assim para aquele homem? — Espero que seu braço esteja recuperado do acidente no ano passado.

O Sr. Nobley quase sorriu! Ao menos, os olhos dele sorriram.

— A senhorita se lembra. Um dos meus momentos menos graciosos.

O coronel Andrews riu.

— Eu tinha esquecido! — Ele se virou para Jane. — Nobley aqui estava tentando se exibir na pista de dança para alguma dama, sem dúvida, mas escorregou durante o minueto e quebrou o braço! Ou teve uma torção?

— Não quebrei — disse o Sr. Nobley.

— Não se apresse tanto em estragar, Nobley. Um osso quebrado melhora a história.

— O senhor está certo, coronel Andrews — disse a Srta. Heartwright. — E estou quase desfalecendo, Sr. Nobley, para ver que diversão encantadora o senhor vai oferecer desta vez. O senhor deve se superar, é claro, senão de que falaremos no ano que vem?

Ele fez uma reverência, polido, mas em nada ofendido.

— Sou seu servo e não terei outro objetivo além de lhe oferecer diversão.

— Bem, então está acertado. — Tia Saffronia era toda sorrisos. — Que energizante é sua presença, Srta. Heartwright! Você deve visitar a casa todos os dias, quantas vezes quiser.

Jane olhou de relance para a Srta. Charming, que na meia hora anterior murchou como uma cenoura esquecida no fundo da geladeira. Ela estava encolhida no sofá, olhando com raiva para o bordado e enroscando os pés sem parar.

Namorado n° 2

Rudy Tiev, 15 ANOS

Rudy era hi-lá-rio e muito legal. Sempre que ia para a escola, grupos se reuniam, formando plateias espontâneas, esperando com sorrisos prontos pelo senso de humor dele. Ou talvez, considerou Jane mais tarde, se afastando de medo?

Depois de quatro meses de bailes de escola, filmes no shopping e ligações depois do dever de casa para Jane, o repertório de Rudy começou a sofrer de falta de assunto. Sem aviso, o calor do humor dele se direcionou para ela.

— Estávamos dando uns amassos e de repente ela lambeu minha boca como um gato! — contou ele para um grupo que almoçava no gramado. — Me lambeu como se eu fosse leite. Miau, gatinha.

Nas semanas vertiginosas que se seguiram, Jane leu Orgulho e preconceito pela primeira vez.

Na reunião de dez anos de formatura do ensino médio, três pessoas se lembraram de Jane como "língua de tigre". O velho Rudy estava lá, com uma barriga proeminente impressionante e contando piadas que não despertavam gargalhadas.

Dia 4, continuação

NAQUELA NOITE (PARA CONSEGUIR SE sentir melhor depois do colapso constrangedor, sem mencionar a intrusão de Heartwright), Jane colocou seu vestido de noite favorito, em um tom pálido de pêssego com um belo decote em V e mangas cavadas. Nos últimos três dias, ela ia de mergulhos eufóricos à terra da fantasia a terror existencial, mas às vezes, quando colocava um vestido novo, a única palavra que realmente se aplicava era *oba*.

O acréscimo de uma quarta mulher desequilibrou a situação. Tia Saffronia declarou que jantaria no andar de cima, e aí foi a vez de Jane dizer que isso era besteira e que ela andaria da sala de estar até a sala de jantar sem acompanhante. No final da fila. Como um cachorrinho abandonado. Bem, ela não falou a parte do cachorrinho. Ela entrou mesmo sozinha, atrás da Srta. Heartwright e do coronel Andrews, mas disse para si mesma que o fez com estilo.

Quando os cavalheiros se juntaram às damas na sala de estar, a Srta. Charming foi rápida:

— Vou fazer beicinho a noite toda se o senhor disser não, Sr. Nobley, e sou muito eficiente nisso.

Assim, ela garantiu a presença dos dois homens solteiros à mesa de *whist*. Um grande ato. A Srta. Heartwright, como convidada do dia, naturalmente foi a quarta pessoa.

Jane tentou se entreter com um novo bordado, mas o produto em si era bem mais divertido do que a ocupação. Sir John, normalmente muito ocupado com a bebida para fazer qualquer coisa além de murmurar para si mesmo, foi particularmente atencioso com Jane. Ele olhou para ela até ela ser forçada a prestar atenção nele e iniciou sua conversa.

— A senhorita costuma atirar? Hum? Em pássaros? Srta. Erstwhile?

— Hã, não, eu não caço.

— Sim, é claro. De fato, de fato.

— E, hã, o senhor costuma atirar?

— Atirar em quê?

— Pássaros?

— Pássaros? Você está falando de pássaros? Srta. Erstwhile?

Tia Saffronia não foi tão rápida em detectar situações desconfortáveis como de hábito. Estava sentada ao lado do abajur, com um livro aberto no colo e uma expressão vidrada nos olhos. Isso fez Jane se questionar quantas pausas a pobre mulher fazia. Os homens costumavam sair para fazer coisas de homens, mas tia Saffronia tinha que estar presente sempre.

— Tia Saffronia. — Jane se sentou ao lado dela para que os outros não pudessem ouvi-la. — Posso convencê-la a se recolher mais cedo? A senhora faz tanto por todos nós, o dia todo. Acho que ninguém lhe negaria um pouco de descanso.

Tia Saffronia sorriu e lhe deu uma batidinha na bochecha.

— Acho que eu talvez vá, só desta vez. Se você prometer não contar.

Foi gratificante ver a mulher sair para ter um momento só dela, mas é claro que significou que Jane ficou sozinha no sofá com Sir John e o som úmido da mastigação contínua dele. Ela ficou sentada ereta no espartilho, fechou os olhos e tentou ignorar o som desagradável concentrando-se nas vozes que conversavam à mesa de cartas.

Srta. Charming: "Por Deus, Sr. Nobley, essa foi uma jogada estranha!"

Sr. Nobley: "Peço desculpas, Srta. Charming."

Srta. Charming: "Desculpas? O senhor não sabe que eu quis dizer que foi boa? Maravilhosa?"

Sr. Nobley: "Se a senhorita diz."

Coronel Andrews: "Você precisa tomar cuidado com a Srta. Charming, Nobley. Ela é inteligente. Aposto que poderia ensinar a você todos os tipos de coisas."

Srta. Charming (dando risadinhas): "Nossa, coronel Andrews, o que o senhor quer dizer com isso?"

E sempre que a velocidade da conversa diminuía um pouco, a Srta. Heartwright estava lá para fazê-la voltar ao ritmo: "Ah, boa jogada, coronel! Não imaginei essa. Muito bem, Sr. Nobley. O senhor tem uma boa mão, admito. Uma nobre jogada, Srta. Charming, e que bela pele a senhorita tem."

A Srta. Heartwright não era apenas gentil. Ah, não. Ela era incrivelmente atraente. Até o Sr. Nobley parecia mais envolvido do que o habitual. Ele ainda não tinha falado com Jane desde que ela saiu do personagem, e ela o observou agora, questionando-se se ele contaria à Sra. Wattlesbrook como a falha dela havia prejudicado a Experiência. Ele olhou para ela uma vez ou duas. Só isso

Enquanto isso, a Srta. Heartwright continuou a efervescer.

O aposento começou a parecer lotado de uma maneira nada natural, com lâmpadas brilhantes demais, mas emitindo uma luz fraca. Jane se vislumbrou no espelho, enfeitada com aquele vestido ridículo, tola e boba, com um coque castanho com cachos presos à cabeça. A mera visão foi o suficiente para trazê-la de volta.

79

— Que louca — sussurrou ela para si mesma. Em todos os anos que Jane fantasiou sobre uma Austenlândia, ela nunca considerou como, depois de estar no local, se sentiria uma estrangeira.

Quando Sir John começou a roncar e ninguém mais estava prestando atenção, ela enfiou o que teoricamente deveria ser debaixo da cadeira e saiu.

Ela devia ter ido para seus aposentos. Havia aquela regra regencial de que mulheres solteiras não deviam caminhar sozinhas, exceto pela manhã, mas Jane estava com dor de cabeça, e nada é pior para dor de cabeça do que regras.

O ar da noite bateu em sua pele nua e a fez tremer. Jane esfregou os braços e imaginou a voz da Sra. Wattlesbrook gritando em tons de Obi-Wan Kenobi: "Lembre-se de usar um xale e um chapéu quando sair!" Ela esperava que a velha senhora a encontrasse agora e a enviasse para casa, para acabar de uma vez com tudo. Mas estava sozinha.

Ela seguiu pelo caminho do jardim (para não ficar com manchas de grama na barra do vestido) e desistiu da fraca esperança de que o coronel Andrews fosse à procura dela. Sem esperança, era impossível conseguir fantasiar. Esse era seu problema, decidiu Jane: ela sempre arrastava um excesso de esperança atrás de si. Se fosse mais pessimista, não teria que lutar com esses caprichos impossíveis e não estaria aqui agora, abandonada e sentindo-se patética na Inglaterra de faz de conta.

Ela seguiu pelo caminho até se aproximar de uma segunda casa menor, que abrigava os criados. Uma janela do primeiro andar piscou com a inconfundível luz azulada de televisão, e isso a atraiu, como uma mariposa à chama. Ela conseguiu ouvir um narrador anunciar um jogo do New York Knicks contra o Pacers, embora não conseguisse entender nenhum detalhe. O clamor real, intenso e urbano do século XXI do basquete americano parecia tão bom quanto a sopa de chocolate.

Isso mesmo, ela lembrou agora que esses dois times abririam a temporada da NBA em um jogo no dia 30 de outubro, o que significava que, se alguém estava vendo esta noite na Inglaterra, o jogo devia ter acontecido no dia anterior em Nova York, fazendo com que hoje...

— Halloween — disse ela em voz alta. — Que apropriado.

O frio e a noite escura se chocavam com a luz azul e o som do jogo, e a ideia de voltar sozinha para a cama ou ir assistir ao jogo de *whist* a fez querer gritar. Ela andou até a porta e bateu.

A voz da televisão foi interrompida e substituída pelo som de passos.

— Só um momento — disse uma voz masculina.

A porta se abriu. Era Martin, também conhecido como Theodore, o jardineiro, de calça de pijama e sem camisa, com uma toalha pendurada no pescoço. Despido, ele tinha o tipo de corpo que a fazia querer dizer "uau". Estava feliz por estar usando seu vestido favorito.

— Doces ou travessuras? — disse ela.

— O quê?

— Desculpe interromper. — Ela apontou para a toalha. — Você está se exercitando?

— Srta., hã, Erstwhile, certo? Sim, oi. Não, só não consegui encontrar minha camisa. A senhorita está perdida?

— Não, eu estava andando e... será que você poderia me dizer o resultado do jogo do Knicks com o Pacers?

Martin pareceu não entender por um momento, depois olhou ao redor como se procurando pessoas que poderiam estar ouvindo, puxou-a para dentro e fechou a porta atrás dela.

— Você conseguiu ouvir?

— A TV? Sim, um pouco, e vi as luzes pela sua janela.

— Malditas cortinas finas que nem papel. — Ele fez uma careta e passou os dedos pelo cabelo. — Você não vai me colocar numa situação ruim, vai? Vamos torcer pra você não ser uma espiã. Ela vai cozinhar minhas bolas.

— Quem, a Sra. Wattlesbrook?

— Sim, em cuja presença assinei uma dezena de contratos de sigilo e de comportamento apropriado e sei lá que outros tipos de promessas, em uma das quais eu jurei manter qualquer objeto moderno fora do alcance da visão dos hóspedes.

— Me diga que Wattlesbrook não é o nome verdadeiro dela.

— Na verdade, é.

— Ah, não — disse ela, com uma risada na voz.

— Ah, sim. — Ele se sentou na beirada da cama. — Então posso concluir que você não está espionando por ela? Que bom. Sim, a querida Sra. Wattlesbrook, descendente do nobre búfalo-asiático. Mas é um emprego legal. É o melhor salário de jardineiro que já recebi. — Ele olhou nos olhos dela. — Eu odiaria perdê-lo, Srta. Erstwhile.

— Não vou delatar você — disse ela, com um tom cansado de irmã mais velha. — E você não pode me chamar de Srta. Erstwhile com uma toalha em volta do pescoço. Para as pessoas reais, sou Jane.

— Ainda sou Martin.

— Como você conseguiu o jogo na sua TV aqui, afinal?

Ele indicou a combinação de televisão e videocassete com um floreio de mágico e explicou que pediu a um cara da cidade para gravar para ele naquela tarde.

— Eu sei, por que arriscar tanto por um jogo de basquete? Eis a fraqueza que domina um homem.

— Você jogava basquete? — perguntou ela, reparando de novo na altura dele.

— Os americanos sempre me perguntam isso, e então, por curiosidade, comecei a assistir aos jogos da NBA há uns dois anos. Agora estou descaradamente viciado. São um pouco mais empolgantes do que futebol, não são? Os jogadores de basquete correm pela quadra tanto quanto os de futebol, mas marcam muito mais. Não conte pra ninguém de Sheffield que falei isso. Vida longa ao Manchester United.

— Sim, com certeza, viva, United — disse ela, fazendo o sinal da cruz.

— Então, hum, você veio saber o resultado.

— É, o resultado — disse ela, tendo esquecido completamente.

— Quando vi, estava 15 a dez pro Knicks no primeiro quarto.

— Primeiro quarto? Você se importaria se eu ficasse pra assistir o resto?

— Se a Sra. Wattlesbrook te encontrar aqui...

— Todos pensam que fui pra cama. Ninguém virá me procurar. Sou a última na lista de prioridades, afinal.

Eles tiraram os lençóis da cama dele e penduraram junto com a colcha na cortina para uma "proteção extra da luz azul", depois diminuíram tanto o volume que tiveram que sussurrar para não falar mais alto do que o narrador. Ela se sentiu aconchegada e travessa por ver o jogo no apartamento escuro, escondida da proprietária estilo Sra. Hannigan, do filme *Annie*, bebendo uma lata de cerveja preta do frigobar de Martin.

— Você bebe cerveja preta enquanto assiste ao jogo da NBA? É um aspirante a americano, não é?

— Essa talvez seja a coisa mais horrenda que você poderia dizer para um inglês.

— Pior do que aspirante a francês?

— Bem, tem isso. — Ele tomou a bebida. — Passei um verão nos Estados Unidos, e uma noite tomei 12 latinhas de cerveja preta em uma aposta. Depois disso, o antigo gosto ruim de xarope pra tosse passou a ser agradável. Mas espere um momento, Srta. Acabei-de-Sair-de-um-Jogo-Chato-de-*Whist*, quem está apontando dedos e me chamando de aspirante a alguma coisa?

— É... — Ela ajeitou a frente do vestido de cintura império e riu de si mesma da melhor maneira que conseguiu. — É, hum, uma fantasia de Halloween. Você sabe, doces ou travessuras.

— Ah — disse ele. — E meu interesse em basquete é só, sabe, pesquisa sobre um fenômeno cultural curioso.

— Pura pesquisa.

— Sem dúvida.

— Mas é claro. Além do mais, você me arruinou, sabe. Não é surpreendente Wattlesbrook proibir que qualquer coisa moderna entre em conflito com o século XIX. Cinco minutos de conversa com você no jardim e fiquei vesga tentando me levar a sério de novo nesse traje.

— Tenho esse efeito em muitas mulheres. São necessários apenas cinco minutos comigo e... hã, isso não soou certo.

— É melhor você parar enquanto está atrás, veja, rapaz.

A televisão pareceu ficar mais baixa, e eles chegaram mais perto dela, do sofá para o tapete e, sentada no chão com o espartilho empertigando a coluna, ela precisou se recostar nele para ficar à vontade. E então o braço dele estava ao redor do ombro dela, e o cheiro dele era delicioso. Ela se sentiu embriagada de cerveja preta e acalentada pelo piscar das imagens da pequena televisão. Ele começou a brincar com os dedos dela, e ela virou a cabeça. Seus hálitos se tocaram. Em seguida, seus lábios.

E então eles realmente se agarraram.

Foi divertido beijar um cara que ela mal conhecia. Ela nunca tinha feito isso antes, e sentiu-se selvagem e bela e a milhas de distância de todos os problemas. Ela não pensou nem ficou agitada. Apenas seguiu em frente.

— Bom lance — disse ela, de olhos fechados, fingindo ver o jogo.

— Veja a defesa — sussurrou ele, beijando o pescoço dela. Um vestido de noite deixava o pescoço muito à mostra, e de alguma forma ele aproveitou bastante. — Pegue o rebote, seu desajeitado.

E foi divertido parar de beijar e olhar um para o outro, sem fôlego, sentindo a emoção e a expectativa da liberação.

— Bom jogo — disse ela.

A televisão chiou com a estática. Ela não sabia há quanto tempo o jogo tinha terminado, mas seus olhos e membros pesados diziam que estava muito tarde. Ela pensou que, se ficasse mais, adormeceria no peito dele. E aquela ideia a agradava muito. Ela foi embora imediatamente. Com o tronco rígido dentro do exoesqueleto de espartilho, ele teve que ajudá-la a ficar de pé. Com uma das mãos, ele a puxou como se ela pesasse o mesmo que um travesseiro.

Ele a levou até a porta e bateu no traseiro dela.

— Bom jogo, treinador. Te vejo amanhã.

— Hum, quem ganhou? — perguntou ela, apontando para a televisão ainda zumbindo com irritação por não ter imagem para mostrar.

— Nós.

Jane não sabia que horas eram, pois um relógio não fazia parte de seus acessórios permitidos, mas a lua tinha se deslocado consideravelmente pelo céu. Com os braços nus por baixo das mangas finas, ela tremeu e andou pelo jardim, com o sussurro do cascalho anunciando sua presença para qualquer pessoa escondida. Ela entrou pela grandiosa porta da frente, fechou-a ao passar e andou com os sapatinhos pelas tábuas que gemiam.

Era estranho se esgueirar por aquela casa grande à noite, e ela tinha a sensação incômoda de ser observada ou seguida.

— Quem está aí? — perguntou ela, sentindo-se muito *A volta do parafuso*. Será que alguém a viu vindo da casa de Martin? Será que ela seria mandada de volta para casa? Será que ele seria demitido?

Ninguém respondeu.

Ela trancou a porta do quarto e não se deu ao trabalho de chamar Matilda, pois já estava muito tarde. Era impossível colocar o espartilho sem ajuda, mas ela havia se despido sozinha, embora de maneira meio desajeitada, em outras ocasiões. Só de chemise, ela se derreteu nos lençóis frios.

Conseguia sentir o cheiro de Martin nas mãos, e se aconchegou com alegria no travesseiro, apreciando a sensação de ter sido beijada recentemente.

É claro que não significava nada fora a diversão do ato, porque ela havia desistido de homens e do amor, afinal, e estava bastante firme consigo mesma quanto a esperar demais. Mas tinha sido bom. E uma primeira experiência para Jane: um caso inocente!

Esta noite, Jane tinha sido beijada. Esta noite, ela pensou: Sr. Darcy quem?

Namorado nº 3

Dave Atters, 16 ANOS

Ela gostava mesmo desse, o ala-pivô do time da escola e o começo de sua paixão nada saudável por basquete. Ela ria e suspirava e sonhava. Ele mandava pular e ela pulava. Mas, quando ele estacionou o conversível de menino mimado na frente da casa dela depois de um encontro e enfiou a mão por baixo de sua saia, ela o empurrou. Quando ela não cedeu, ele mandou que ela saísse do carro. Na escola, ele agiu como se eles não se conhecessem.

Anos depois, ela pensou em procurar um terapeuta para falar sobre esse namorado até se dar conta de que Dave "Mão Boba" Atters não era o cara que a impedia de seguir adiante. A culpa era mesmo de Fitzwilliam "Amo você apesar de saber que não devo" Darcy. Além do mais, houve a ocasião do baile em que ela e Molly pintaram com spray a palavra TRAVESTI na lateral do conversível de Dave. Isso foi bastante terapêutico.

Dias 5 e 6

JANE MAL CONSEGUIA ESPERAR QUE a noite chegasse de novo. As regras sociais exigiam que as damas agora visitassem Pembrook Cottage. E então a Srta. Heartwright tinha que ser convidada para jantar de novo. Jane tinha se tornado a quarta mulher em uma casa com três cavalheiros. Embora os olhos sorridentes do coronel a procurassem com frequência, e ela tivesse tido a chance de criticar o Sr. Nobley no jantar, sua atenção sempre se voltava para uma colcha pendurada sobre a cortina, para cerveja preta e televisão, e um homem com cheiro de jardim. Uma coisa real.

Depois do quarto de Martin, a vida na sala de estar pareceu sem graça e indistinta, com a espera pelos cavalheiros acompanhada de conversas sobre nada, com o recebimento dos cavalheiros e a continuação de conversas sobre nada, cada assunto inofensivo e vazio, e todos se mantendo à distância cuidadosa de um braço.

Que saco, pensou ela. Tédio e futilidade absolutos. Não era possível que fosse mesmo assim. E, se fosse, por que todas aquelas mulheres da época da Regência não ficaram loucas?

Depois de uma hora dolorosamente longa de mera especulação, ela declarou que se recolheria e se esgueirou para o alojamento dos criados.

Ela não pretendia beijar Martin de novo. Mas fez mesmo assim. Ele era tão bonito e engraçado e tão não-Sr.-Darcy. E ela se sentia tão leve e boba e tão não-a-típica-Jane. Que alegria ele representava, esse inglês alto e reservado que via basquete. Nada como a fantasia dela, nada como qualquer coisa que ela tivesse feito antes. Ela não tentou nem uma vez dirigir a conversa para o assunto de se ele um dia queria ser pai (o teste que usava com frequência), e não ficou nem tentada a sonhar acordada com um casamento com aquela pessoa alta ao lado. Um verdadeiro milagre.

Na manhã seguinte, no café da manhã, ela olhou para os cavalheiros e sentiu orgulho, talvez até presunção. Uma casa cheia de beldades regenciais e ela escolheu o jardineiro bebedor de cerveja preta. Martin parecia ser uma resposta feliz e inesperada à sua terapia Darcy.

Na terceira noite, quando ela chegou ao apartamento de Martin, a colcha já estava bloqueando a janela, Stevie Wonder tocava no CD player ("Very Superstitious") e a mesa de cabeceira estava arrumada com uma toalha por cima e uma garrafa de Coca-Cola cheia de alfazemas frescas.

— Você mencionou saudade de comida de casa — disse ele, e pegou um saco do McDonald's.

Eles comeram os hambúrgueres frios e as batatas fritas quase sem batatas à luz da estática da TV, que tinha se tornado para Jane mais romântico do que velas, e trocaram histórias trágicas de infância.

— Eu tinha 12 anos e minha mãe não me deixava raspar as pernas — disse Jane. — Uma noite, roubei a lâmina dela e raspei as pernas na cama. No escuro. Sem sabonete nem creme.

— Eu era meio punk, horrivelmente magrelo aos 10 anos, e gostava de jogar ovos em carros. Sim, eu sei, a criatividade de garotos novos é inspiradora. Cometi o erro de atingir o carro de Gerald Lewis, o detentor do recorde de fisiculturismo do bairro, que ainda morava com a mãe. Ele me pendurou pelo cinto em um galho de árvore a 2,5 metros do chão. Fiquei lá por uma hora.

Esta noite, ela iria embora sem nem um beijo de despedida. Afinal, estava ali em busca de companhia. Não era um reality show em que os produtores, em um discurso aprovado pelos advogados, convenciam a garota solteira a beijar todos os caras do jogo. E então, quando ela ficou de pé em frente à porta, com a mão na maçaneta, ele se inclinou para beijar a bochecha dela. O aroma salgado de homem a inundou e ela deu um salto para alcançar os lábios dele, passando as pernas ao redor de seu corpo, separados por camadas de saia.

— Qual é sua altura, afinal? — perguntou ela.

— Cerca de 200 centímetros — disse ele, olhando dos olhos dela para os lábios. — Ou seja, 2 metros, Srta. Americana.

Ela se agarrou ao pescoço dele e ele a prendeu contra a porta, e então eles se beijaram até não conseguirem respirar. Beijar Martin talvez fosse o amasso mais divertido da vida dela. As mãos dele pareciam impacientes, e ela ficou maravilhada com a capacidade dele de mantê-las longe das zonas de perigo. O resultado foi que a paixão não virou frenesi. Era suave e ardente, com o foco apenas nos beijos, só na pressão de dois corpos próximos e na restrição estimulante. Para Jane, a emoção e o perigo pareciam um esporte radical.

— Acho que você deve ir — disse ele.

— Aham — murmurou ela, com a boca na dele, as mãos investigando a circunferência do peito.

Ela não queria ir. Ele também não queria que ela fosse. Ela conseguia sentir a ansiedade nas mãos dele, a velocidade da respiração. Ele gemeu de pesar, mas segurou a cintura dela e a colocou de pé.

— Por mais que eu odeie, preciso mesmo te levar até a porta.

Ela riu. Já estava na porta, espremida contra ela, na verdade. Ele girou a maçaneta e permitiu a entrada do aroma úmido da noite.

— Boa noite, Srta. Erstwhile. — Ele beijou a mão dela.

Jane passou pela porta de costas, como se estivesse se afastando da presença de um rei, se virou e se viu andando com irregularidade.

A noite estava perfeita, a escuridão caía com delicadeza e intensidade sobre o jardim, forte como uma pintura de um nu clássico. As folhas farfalhavam sobre a cabeça de Jane. Os caminhos pálidos e curvos do jardim davam sinais de movimento, de possibilidades não vistas. Toda a beleza da escuridão fria do outono parecia demais para ser compreendida, e seu instinto de artista se aguçou. Ela mandou-o se calar, pois não era hora de refletir sobre como pintar uma paisagem inglesa noturna. Ela estava tonta com essa descoberta inesperada dentro da Austenlândia. Um homem de verdade. Um homem alto! Alguém para beijar e que a fazia se sentir sexy e divertida. Alguém que não insistia em mais do que ela podia dar, que permitia que ela vivesse momentos perfeitos, que a fazia querer sorrir em vez de se inquietar por futuras possibilidades. Pela primeira vez em anos, ou talvez em toda sua vida, a Srta. Jane Hayes se sentia... relaxada.

Ela deitou na cama e fechou os olhos. E se perguntou a que horas conseguiria escapar para ver Martin de novo no dia seguinte.

Namorado nº 4

Ray Riboldi, 17 ANOS

Ray tinha marcas de catapora e não lavava o cabelo todos os dias, mas isso não importava, porque ele era legal. Depois dos namorados 2 e 3, Jane leu Mansfield Park *e decidiu que um cara gentil e tranquilo era o melhor caminho. Ray colhia flores selvagens para ela. Dava-lhe as sobremesas que a mãe ainda mandava para ele de almoço, até mesmo as tortas de frutas, e seu olhar constante a fazia se sentir sedutora.*

Depois de dois meses, dois caras com quem Jane tinha crescido decidiram que Ray não devia namorar uma garota bonita demais para ele e resolveram pregar uma peça nele que envolvia o lançamento de cocô de cachorro (tão original!) para dentro do Jeep enferrujado do garoto.

— Fique longe de garotas bonitas demais pra você! — gritaram eles, os pneus cantando pelo estacionamento da escola.

Jane jurou que não estava envolvida, mas Ray não acreditou. No meio do refeitório, ele esmagou um premeditado cupcake no cabelo dela. Com força.

— Que tal isso? Hein?

No fim das contas, ele não era tão legal assim.

Dia 7

O DIA SEGUINTE CONTOU COM outro café da manhã tardio, leitura no salão matinal, uma visita da Srta. Heartwright e uma caminhada com os cavalheiros. A parte da "caminhada com os cavalheiros" devia ter feito a fantasia de Jane com chapéus e costeletas disparar, mas ela estava desligada agora. Ela procurava no jardim sinais daquele colírio de altura incomum.

Naquela tarde, ela ficou sentada sozinha na biblioteca, lendo um romance de Ann Radcliffe, *O italiano*, com o cérebro se esforçando para acompanhar a história arcaica. Parte da Experiência era a vida de lazer, ela sabia, mas Jane era uma nova-iorquina por opção, herdeira da ética puritana do trabalho, e fazer praticamente nada o dia todo estava lhe custando caro. Tinha começado a sonhar acordada com as coisas mais estranhas: com lavar as roupas na pia quando todas as máquinas de lavar do prédio estivessem ocupadas; com o cheiro quente e humano de um metrô lotado; com comer uma banana de um vendedor de rua; com comprar um guarda-chuva descartável em um temporal.

Tantas horas ela passou sonhando acordada com a vida na Austenlândia, e agora aqui estava ela, refletindo sobre as realidades mundanas da vida normal. Parecia cruel demais.

Então, ela decidiu procurar Martin durante o dia. O que a estava impedindo? Afinal, ele não era um vampiro.

O dia estava agradável e ensolarado, mas, enquanto ela caminhava pelo jardim plano e elegante, a claridade logo a fez querer uma sombra. As linhas de cercas vivas baixas similares a um labirinto eram interrompidas no centro por um Parthenon em miniatura que poderia ter sido colocado, como um monólito, por alienígenas intrometidos. Em seu humor atual, ela o achou perturbador, uma falsidade óbvia em meio à beleza natural das flores e plantas, transformando o jardim em uma farsa.

Jane viu duas cabeças com chapéus baixos e cinzentos em meio à vegetação do jardim, até que encontrou um jardineiro alto aparando algumas plantas em um muro baixo de pedra. Ela se sentou no muro, abriu o livro e não prestou atenção nele. Depois de alguns minutos, o som da tesoura de jardinagem parou e ela sentiu o olhar dele. Ela virou a página.

— Jane — disse ele, com um toque de exasperação.

— Shh, estou lendo — disse ela.

— Jane, escute, me avisaram que outra pessoa ouviu minha televisão e contou pra Sra. Wattlesbrook, e tive que me desfazer dela hoje de manhã. Se me virem com você...

— Você não está comigo, estou lendo.

— Droga, Jane...

— Martin, por favor, lamento por sua TV, mas você não pode me dispensar agora. Vou ficar louca se tiver que passar a tarde toda sentada naquela casa. Não costuro nada desde a aula de economia doméstica no fundamental II, quando fiz um short cinza que descosturou na bunda na primeira vez que me sentei com ele, e não toco piano desde que larguei o tédio dos 12 anos, e não leio um livro no meio do dia desde a faculdade, então você entende a confusão em que me meti.

— Então — disse Martin, enfiando a pá —, você veio me procurar de novo por não ter mais ninguém com quem flertar.

Hã?, pensou Jane.

Ele quebrou um galho morto de planta.

Hã?, pensou ela de novo. Ela ficou de pé e começou a se afastar.

— Espere. — Martin pulou atrás dela e segurou seu cotovelo. — Eu vi você andando pelo jardim hoje de manhã com aqueles atores. Eu não tinha te visto com eles antes. Dentro do contexto. E me incomodou. Você não gosta de coisas assim, gosta?

Jane deu de ombros.

— Gosta?

— Mais do que quero, mas você tem feito parecer desnecessário ultimamente.

Martin apertou o olhar em direção a uma nuvem.

— Nunca entendi as mulheres que vêm aqui, e você é uma delas. Não consigo entender.

— Acho que eu não poderia explicar isso pra um homem. Se você fosse mulher, eu só precisaria dizer "Colin Firth de camisa molhada" e você diria "Ah".

— Ah. Quero dizer, a-ha! É isso que quero dizer.

Merda. Ela tinha esperança de que ele fosse rir da tirada sobre Colin Firth. Mas ele não riu. E agora, o silêncio a fez sentir como se estivesse em uma gangorra, esperando que o peso caísse do outro lado.

E então, ela sentiu. O odor mofado, acre, azedo, coalhado, metálico e podre do fim. Não era apenas uma primeira briga. Ela tinha estado nessa posição vezes demais para não reconhecer os sinais.

— Você está rompendo comigo? — perguntou ela.

— Chegamos a ficar juntos a ponto de exigir um rompimento?

Ah. Ai. Ela deu um passo para trás ao ouvir isso. Talvez tenha sido o vestido que a tenha feito se recompor mais rápido do que o normal. Ela fez uma reverência.

— Perdoe a interrupção, confundi você com uma pessoa que conheci.

Ela se virou e foi embora, desejando um vestido de baile no estilo vitoriano, para poder balançar as saias volumosas e obter um som de estalo satisfatório. Ela precisou se contentar com um aperto enfático do laço do chapéu enquanto andava.

Garota burra, burra demais!, pensou ela. Estava fantasiando de novo. Pare!

Estava indo tudo tão bem. Ela tinha se permitido se divertir, relaxar, não estragar um novo romance com perguntas constantes como: E se? E depois? E será que ele vai me amar para sempre?

— Você está rompendo comigo...? — murmurou ela para si mesma. Ele devia pensar que ela era louca. E, na verdade, estaria certo. Aqui estava ela em Pembrook Park, um lugar onde mulheres pagam montanhas de dinheiro para andar com homens contratados para idolatrá-las, mas ela encontra o único homem no local que está em posição de rejeitá-la e o leva a fazer isso. Típico de Jane.

Namorado n° 5

Rahim (sobrenome esquecido),

"35" ANOS (TALVEZ MAIS DE 40)

— Você é tão adorável — disse ele a Jane por cima da bancada de perfumes. Ela tinha 19 anos, estava na faculdade, ganhava um salário mínimo e tinha acabado de fazer o pior corte de cabelo da vida. Possivelmente, foi esse o motivo de o elogio dele parecer mais importante do que realmente era, um belo pássaro que ela não podia deixar fugir.

Durante três semanas ele a levou a restaurantes, restaurantes caros, e pagou! Em um surto de extravagância louca, ela pediu entradas e sobremesa. E, então, uma noite ele a levou ao seu apartamento, que tinha cheiro de óleo. Óleo corporal. Do tipo que se acumula na pele que não vê um chuveiro durante uma semana.

Com os olhos entreabertos, ele apertou o ombro dela e disse "Quero fazer amor com você", em uma tentativa desajeitada de romantismo. Ela pensou no momento em que Elizabeth se encontra com o Sr. Darcy em Pemberley; em comparação, a mão escorregadia de Rahim fez Jane gargalhar. Em voz alta.

Houve uma pausa torturante. Ela limpou a garganta e murmurou um pedido de desculpas quando saiu.

Dia 7, continuação

JANE COLOCOU O VESTIDO DE noite de que menos gostava para o jantar, o verde com viés marrom que parecia uma barraca. Não importava. Martin não a veria, nem mais ninguém, pois ela seguiu atrás do comitê prioritário. Ela achava que estava escondendo bem a tristeza, mas se cansou de disfarçar. Na sala de estar, pegou um livro e se sentou o mais curvada que seu espartilho permitiu.

— Venha jogar cartas conosco esta noite, Srta. Erstwhile — disse a Srta. Heartwright quando os cavalheiros se juntaram a elas. — Não consigo suportar ver a senhorita lendo sozinha de novo.

Jane queria olhar com raiva. A Srta. Heartwright, mesmo sentada ereta e com a espinha rígida de uma mulher regencial, mantinha uma compostura sem esforço, como se estivesse apenas relaxando na intensidade de sua própria perfeição. E havia também aquele brilho em seus olhos e aqueles dentes impossivelmente brancos. Enlouquecedor.

— Não, obrigada. — Jane não estava com humor para provocações.

— Venha, você precisa se juntar a nós. Sr. Nobley — disse a Srta. Heartwright, virando-se para seu cavalheiro favorito —, me ajude a persuadir a Srta. Erstwhile a sair de seu casco de tartaruga.

O Sr. Nobley ergueu o olhar do livro.

— Se a Srta. Erstwhile prefere ler a jogar, não vou incomodá-la.

— Obrigada, Sr. Nobley — disse Jane, e foi sincera.

Ele assentiu, como se eles fossem conspiradores. Foi um gesto desconcertante vindo daquele homem.

— Sr. Nobley — disse a Srta. Heartwright com o mais doce dos sorrisos —, o senhor pelo menos eu posso persuadir a uma curta rodada de *speculation*.

Por ela, o Sr. Nobley colocou o livro de lado e foi para a mesa de cartas. Ver isso fez Jane declarar que iria se recolher cedo. Mas, desta vez, ela parou no quarto para pegar sua peliça e seu chapéu.

Foi um alívio sair ao ar livre. No frio e na escuridão, o mundo parecia mais próximo, mais íntimo. Ela tremeu e andou até seu sangue aquecer e ajudá-la a combater a dor da vulnerabilidade. Ela queria Molly, uma melhor amiga que riria com ela por causa do erro com Martin e lealmente acharia Jane perfeita e todo o resto do mundo errado.

Ela pretendia evitar o alojamento dos criados, de verdade, mas estava perdida na fantasia de alguma espécie de triunfo violento e lindo: ela seria a mais bonita no baile, todos os atores se apaixonariam *de verdade* por ela, e ela diria não para todos e iria embora de Pembrook Park uma mulher inteira que enterra todas as fantasias adolescentes de uma vez só... E então chegou à janela de Martin, escura como o céu. Não, havia um brilho, um raio cinzento de luz. Será que ele tinha pendurado a colcha? Comprado uma televisão nova? Será que ela deveria bater e pedir desculpas por ser uma Jane surtada e ver se eles podiam recomeçar ou apenas pular para a parte dos beijos? Em seu estado atual (rejeitada na Inglaterra e usando um vestido regencial), Jane descobriu que tinha dificuldade em classificar essa proposta na lista de piores ideias de todos os tempos.

O silêncio e o frio lhe tomaram conta, e ela ficou de pé ao lado da janela, esperando que uma decisão fosse tomada. Em alguma árvore, um pássaro grasnou uma sugestão. Jane queria saber falar passarês.

— O que você está fazendo?

— Iá! — disse Jane, virando-se com as mãos erguidas de forma ameaçadora.

Era o Sr. Nobley com um casaco, um chapéu e uma bengala, observando-a com olhos arregalados. Jane deu vários passos rápidos (mas, ah, tão casuais) para longe da janela de Martin.

— Hum, eu acabei de dizer "iá"?

— Você acabou de dizer "iá" — confirmou ele. — Se não estou enganado, era um grito de batalha, avisando que você estava prestes a me atacar.

— Eu, hum... — Ela parou para rir. — Eu não estava ciente até este momento preciso e constrangedor de que, quando pega de surpresa em um lugar estranho, meus instintos me fariam fingir que sou ninja.

O Sr. Nobley levou as costas da mão à boca para tossir. Ou era uma gargalhada, na verdade? Não, o Sr. Nobley não tinha senso de humor.

— Com licença, então, devo ter uma missão secreta em algum lugar. — Ela começou a passar por ele indo em direção a casa, mas ele segurou seu braço para fazê-la parar.

— Espere só um momento, por favor. — Ele olhou ao redor como se para ter certeza de que eles não estavam sendo observados, depois a levou de uma forma um tanto forçada para a lateral da casa, onde a luz da lua e das lamparinas não os pegava.

— Me solte!

Ele a soltou.

— Srta. Erstwhile, acredito ser melhor para a senhorita me contar o que está fazendo aqui fora.

— Caminhando. — Ela olhou para ele com raiva. Não gostava de ser arrastada pelo braço.

Os olhos dele seguiram na direção do alojamento dos criados. Exatamente para a janela de Martin. Ela engoliu em seco.

— A senhorita não está fazendo nada de tolo, está?

Na verdade, ela estava, mas isso não significou que ela tinha que parar de olhar com raiva.

— Não sei se a senhorita se dá conta — disse ele, com um tom insuportavelmente condescendente —, mas não é apropriado para uma dama sair sozinha no escuro e, pior ainda, para cabriolar com criados...

— Cabriolar?

— Quando fazer isso pode levar a problemas da pior natureza...

— *Cabriolar?*

— Olha — disse ele, num tom mais coloquial —, apenas fique longe daqui.

— O senhor não está mesmo correto em sua preocupação, Sr. Nobley? Cinco minutos atrás, eu planejava mudar de carreira e me tornar leiteira, mas o senhor me salvou de tal destino. Vou gentilmente liberá-lo de volta para a noite e voltar para meu caminho de boa reputação.

— Não seja tola, Srta. Erstwhile. — Ele voltou pelo caminho que tinha vindo, dos fundos da casa.

— Insuportável — disse ela baixinho.

Não, ela não iria até Martin, maldito fosse, mas também não voltaria correndo para o quarto, só para contrariar o Sr. Nobley. O homem merecia ser irritado. Ou cuspido. Ou os dois. Apesar de chato, frio e odioso, o Sr. Nobley era o mais parecido com Darcy de todos eles, então ela o desprezava com entusiasmo vigoroso. Talvez, esperava ela, o exercício fosse contar na terapia e na sua recuperação final na Austenlândia.

— Segurar meu braço, é? — disse ela, sentindo uma pontada de satisfação por estar murmurando como uma velha doida. — *Me* chamando de tola...

Ela andou pelo jardim em círculos furiosos. Seus dedos estavam gelados, e seus pensamentos seguiram para lembranças de passar tanto tempo no banho quando criança que seus dedos se enrugavam como passas. Pele enrugada a fez lembrar-se da tia-avó Carolyn, com os dedos macios e extravagantes e olhos conspiratórios.

Ela me deu esse presente, pensou Jane. Use bem, sua idiota incorrigível de miolo mole, e pare de tentar se apaixonar pelo jardineiro. Por qualquer pessoa.

A noite recuou, grande e vazia, não mais caindo sobre sua pele. Ela se sentia realmente sozinha agora. Mas a questão era essa: de repente, ela sentiu como se pertencesse à solidão, e esse sentimento a fez sussurrar em voz alta:

— Nunca senti isso antes. Nunca me senti à vontade comigo mesma.

Ela olhou para o alojamento dos criados e teve a Compreensão nº 2: não queria mesmo ir até o quarto de Martin. Nem antes. Era apenas hábito. No passado, ela sempre estava pronta para voltar rastejando quando era rejeitada, na esperança de ser levantada novamente. Mas agora, aqui, ela perdeu a vontade por completo.

— Rá! — disse ela para a noite.

Com uma mudança no vento e um movimento silencioso da saia, ela sentiu que sua missão na Austenlândia começava a mudar. Essa não era uma alegria final antes de ela aceitar a solteirice; ah, não. (E que alívio!) Seria uma *terapia de imersão*. Martin a tinha ajudado a ver uma coisa, pelo menos: ela ainda gostava de homens, e bastante, na verdade, e nada ia mudar isso. Ela só precisava ajustar a perspectiva para apreciar da maneira certa ser jovem e mulher e tão bonita o quanto quisesse ser.

Ela virou as costas para o alojamento dos criados e encarou a casa como costumava olhar para a cesta na quadra de basquete no ensino médio. Seu novo objetivo era se afogar no absurdo de sua fantasia, uma tarefa como comer tanto chocolate até não conseguir mais suportar a ideia de voltar a comer alguma coisa doce. Para tirar do organismo. Ver com certeza que isso não a faria feliz de verdade. E, então, ela voltaria a ser dona de si novamente. Só faltavam duas semanas para que isso acontecesse. Mas ela tinha que mergulhar de cabeça, tinha que tentar de verdade, senão, com a mesma certeza que suas plantas estavam naquele momento dando seu último e ofegante suspiro, um dia ela olharia para a experiência e se perturbaria com a pergunta: e se? E: e se?

Quando a noite seguia firme e todos os hóspedes estavam sem sombra de dúvida na cama, Jane abriu a porta da frente e foi recebida pelo aroma caseiro de cera de piso. Uma luz na sala de estar a assustou, e ela se perguntou se o grupo estaria jogando uma partida olímpica de cartas. Mas o aposento estava vazio. Duas lamparinas queimavam na escuridão.

Sobre a mesa estava o livro que o Sr. Nobley estava lendo, e ela folheou as páginas, perguntando-se que tipo de história irritante fascinaria a mente daquele homem. Um pedaço de papel caiu de dentro dele e flutuou até o tapete. Era um recibo de pagamento feito a um Henry Jenkins, com endereço de Brighton. Seria ele o Sr. Nobley? Ela colocou o papel no lugar e deixou o livro ao lado da garrafa de cristal quase vazia que era a melhor amiga de Sir John Templeton. Por curiosidade, Jane levantou a tampa e a cheirou, esperando que um aroma açucarado satisfizesse sua desconfiança. Não, era álcool, com certeza. Ela ficou surpresa: como o ator conseguia beber de verdade e não ficar completamente embriagado?

Como em resposta ao seu pensamento, o próprio sujeito apareceu na porta. Ela levou um susto e deixou a tampa da garrafa cair no tapete.

— Ah, boa noite, Srta. Erssssstwhile — disse Sir John, arrastando o som do nome dela como uma cobra. — A senhorita já voltou de seu passeio noturno?

— Ah, voltei. Hum, o senhor me assustou, Sir John.

— Acordada a essa hora, não é? Para onde foi hoje? Aprontar alguma, eu espero.

— Eu só precisava tomar um ar. Agora, se o senhor me dá licença...

— Humm. — Ele se recostou no batente da porta e pareceu cochilar por um momento. Jane recolocou a tampa, desligou as lamparinas de querosene falsas e tentou passar por Sir John sem despertá-lo. Mas, após alguns poucos passos pelo corredor, ela sentiu uma respiração quente em seu pescoço.

— Fique um momento.

Jane se virou com um pouco de apreensão, mas ficou. Tinha decidido entrar na brincadeira, e com sua história pessoal em Pembrook Park em declínio não queria deixar passar qualquer virada que ele pudesse oferecer.

— O que foi, Sir John?

— Só pensei que podíamos passar um momento juntos a sós, talvez nos envolver em um jogo particular de — ele chegou mais perto do rosto dela — *whissst*.

Ela tossiu.

— É um jogo para quatro pessoas.

— Como quiser. Mas pensei que poderíamos ser parceiros. Um pouco de roça-roça debaixo da mesa, entende?

Ela revirou os enredos de Austen em busca de uma cena em que um homem casado alicia uma jovem. Havia o encontro malfadado em *Mansfield Park* entre a dama casada e o solteiro, mas Sir John não era... Qual era o nome dele? Não era nenhum doce e jovem Henry Crawford.

— Acho que devo ir para a cama — disse ela, sem saber como ele esperava que ela agisse, mas sem gostar do jogo.

— Exatamente o que desejo — disse ele.

Ele começou a avançar de novo. Ela recuou até bater na parede.

— Pare com isso — disse ela, fazendo-o parar com a mão no peito dele.

Sir John pegou a mão dela e segurou com suas duas. A pele dele estava quente e áspera.

— Você é tão, tão adorável. — O hálito dele a atingiu de novo, e ela teve engulhos com o fedor de comida e fermentação. Ele estava bem mais bêbado do que ela desconfiara.

— Sir John, o senhor é casado.

— Não de verdade — disse ele, piscando. Ou talvez, só tentando piscar. — Eu e a patroa dormimos em camas separadas, não diga pra ela que lhe contei, e ando tão solitário, solitário e com frio, com o mesmo frio de suas doces mãos. E nunca tivemos uma moça tão jovem e bonita e firme como você.

Jane tentou afastá-lo, mas ele a empurrou de volta, prendendo-a contra a parede. Uma luminária acima da cabeça dela tremeu com o impacto. As mãos dele seguravam as dela, a barriga redonda estava pressionada sobre a dela, a boca se aproximava da dela.

— Sem dúvida uma jovem beleza como você também está solitária. Pode ser parte do jogo, se você quiser.

— Saia — disse ela, querendo encerrar a situação.

A resposta dele foi chegar mais perto. Então, ela deu uma joelhada na virilha dele. Com o máximo de força que conseguiu.

— Ai, ai, droga! — Ele se inclinou para a frente e caiu de joelhos.

Jane limpou o joelho, sentindo como se tivesse encostado em uma coisa suja.

— Ai, ai, que droga mesmo! O que você estava pensando?

Jane ouviu passos apressados na escada. Era o Sr. Nobley.

— Srta. Erstwhile! — Ele estava descalço, de calça e a camisa para fora. Olhou para baixo, para o homem que gemia. — Sir John!

— Ai, ela me chutou — disse Sir John.

— Dei uma joelhada, uma joelhada — disse Jane. — Não chuto. Nem quando sou ninja.

O Sr. Nobley ficou um momento em silêncio, observando a cena.

— Espero que a senhorita tenha se lembrado de gritar "iá" quando o atingiu. Ouvi falar que é eficiente.

— Infelizmente, fui negligente com essa parte, mas certamente vou gritar "iá" daqui até Londres se ele voltar a tocar em mim.

— Srta. Erstwhile, a senhorita por acaso foi empregada pelas forças armadas presidenciais nos Estados Unidos?

— O quê? As mulheres britânicas não sabem usar os joelhos?

— Felizmente, nunca me coloquei em posição de descobrir. — Ele olhou para o prostrado Sir John. — Ele a machucou?

— Sinceramente, sua puxada de braço mais cedo foi pior.

— Entendo. Talvez a senhorita deva se retirar para seus aposentos, Srta. Erstwhile. Gostaria que eu a acompanhasse?

— Estou bem — disse ela —, desde que não haja nenhum outro Sir John se escondendo lá em cima.

— Bem, não posso dar excelentes referências do coronel Andrews, mas acredito que o caminho esteja seguro.

Ela chegou mais perto do Sr. Nobley e sussurrou:

— Você vai me entregar pra Sra. Wattlesbrook por ir até o alojamento dos criados?

— Acho — disse ele, cutucando o prostrado Sir John com o pé — que você já sofreu o bastante hoje.

O Sr. Nobley sorriu para ela, e foi a primeira vez que ela viu seu verdadeiro sorriso. Ela não chegaria a chamar de sorriso, na verdade. Os lábios estavam fechados, mas seus olhos se iluminaram, e os cantos da boca definitivamente se elevaram, criando covinhas agradáveis nas bochechas como se o sorriso estivesse entre parênteses. Isso a incomodou de uma forma que ela não conseguia explicar, como se sentisse uma coceira e não soubesse exatamente onde coçar. Ele não estava de fato entretido, ela viu, mas sorriu para tranquilizá-la. Espere, quem queria tranquilizá-la? O Sr. Nobley ou o homem de verdade, o Ator X?

— Obrigada. Boa noite, Sr. Nobley.

— Boa noite, Srta. Erstwhile.

Ela hesitou, mas foi embora, com os gemidos de Sir John seguindo-a pela escada. No segundo andar, tia Saffronia estava saindo do quarto, segurando um xale branco sobre a camisola.

— Que barulho foi esse? Está tudo bem?

— Sim. Foi... seu marido. Ele agiu de maneira imprópria.

Tia Saffronia piscou.

— Embriagado?

— Sim.

Ela assentiu lentamente.

— Sinto muito, Jane.

Jane não tinha certeza se tia Saffronia estava falando com Jane, a sobrinha, ou com Jane, a cliente. Pela primeira vez, não importou; as duas Janes se sentiam exatamente iguais. Ela aceitou o pedido de desculpas com um aceno, foi para o quarto e trancou a porta. Pensou que estava zangada, mas acabou deitando na cama, colocando o rosto no travesseiro e gargalhando.

— Que piada — disse ela, soando para si mesma como a encarnação de Lydia Bennet no filme. — Vim atrás do Sr. Darcy, me apaixono pelo jardineiro e sou assediada pelo marido bêbado.

O dia seguinte seria diferente. Ela faria o jogo de verdade. Entraria com força total na brincadeira, se divertiria bastante e se livraria do maldito hábito de Darcy para sempre. Ela adormeceu com o leve pensamento no sorriso do Sr. Nobley.

Namorado n° 6

Josh Lake, 20 anos

Eles se conheceram quando dois grupos grandes de amigos se encontraram e se misturaram no evento de levantamento de fundos da faculdade no parque de diversões, "Cinquenta Acres de Diversão!". De alguma forma, Jane acabou presa ao desconhecido Josh e a Britney, que ela mal conhecia, no brinquedo que despencava de uma altura de 12 andares. Só que houve um problema durante a queda, e os três acabaram pendurados de cabeça para baixo e ficaram presos no alto da torre por 15 minutos. Britney enlouqueceu, xingou os funcionários desesperados do parque, com o rosto vermelho e o cuspe caindo de 45 metros. Quando Jane falou para ela se acalmar, o medo furioso de Britney rompeu todas as barreiras. Ela direcionou o vocabulário de estivador para cima de Jane e Josh, o que os fez rir tanto que, quando a queda repentina aconteceu, eles não tiveram fôlego para gritar.

Tão forte foi o laço criado a 45 metros de altura que Jane levou 3 meses de beijos ruins e conversas sobre assuntos de profundidade filosófica mínima ("Mas é sério, Jane, pense bem: se as bibliotecas fecharem às nove da noite, como os desprivilegiados noturnos vão melhorar? Pense bem!") para finalmente dizer:

— *Acho que a gente devia terminar.*

Ele deu de ombros.

— *Ah, tá.*

Você sabe mesmo lutar, Josh.

dia 8

JANE TEVE UMA MANHÃ DEVAGAR, como todas as mulheres da Regência e as recentemente desprezadas devem fazer. Ficou deitada de bruços na cama, levantando os pés no ar com os dedos esticados, alentando-se com a sensação de ser feminina e brincando com o celular. Com aquele aparelho na mão, ela sentia um excepcional impulso de poder, como uma viajante no tempo presenteada com tecnologia secreta do futuro. Era uma arma, e ela tinha perguntas a fazer. Ainda assim, ligar para Molly pareceu escandaloso demais, um rompimento excessivo da regra, e ela estava determinada a mergulhar de cabeça na Austenlândia. Mas um e-mail curto para sua amiga jornalista não causou nenhum sentimento ruim.

Oi, chica. Preciso que você verifique Martin Jasper, Bristol/ Sheffield. Tb Henry Jenkins, Brighton. Saudades. O lugar é bizarro e divertido. Terei mtas histórias. J.

Uma espiada em sua caixa de entrada a lembrou do quanto o mundo real pode ser chato, então Jane começou a jogar Bubble Master, um jogo de estratégia viciante para longos trajetos de metrô. Ela não tinha jogado nem 15 minutos (com uma pontuação recorde de 582!) quando a criada entrou para a rodada diária de amarração do espartilho. Jane enfiou o celular debaixo do travesseiro.

Os cavalheiros não estavam presentes ao desjejum. Com apenas três damas batendo as xícaras nos pires e mastigando bolinhos de mel e groselha, a sala do café da manhã estava tensa.

— Sir John não estava se sentindo bem ontem à noite — disse tia Saffronia, lançando um olhar do prato para Jane e de volta ao prato —, então o Sr. Nobley se ofereceu para acompanhá-lo até o boticário na cidade. O coronel Andrews também foi, pois tem negócios por lá. Eles são rapazes tão atenciosos, honestos e preocupados. Sinto falta deles quando vão embora.

— Estou sentindo hoje. — A Srta. Charming repuxou os lábios. — Tomar café da manhã sem cavalheiros, e aquela garota Heartwright caçando meus homens. Não foi isso que me prometeram. — Ela encarou tia Saffronia com olhos de pedinte.

Tia Saffronia colocou as mãos no colo, um gesto tranquilizador.

— Eu sei, minha querida, mas eles vão voltar, e enquanto isso...

— Não vim aqui pro enquanto isso. Vim pelos homens.

Pobre tia Saffronia! Jane sentia pena dela. Ela colocou a mão no braço da Srta. Charming.

— Lizzy, talvez você e eu possamos visitar o estábulo e dar uma volta, ou...

— Hoje não, Jane. Meus sentimentos estão feridos. — Uma lágrima se formou em um dos olhos. — Me prometeram certas coisas neste lugar, e o que posso dizer é que até agora ninguém me fez sentir *encantadora*.

— Ah, Deus — disse tia Saffronia —, não consigo ver infelicidade na minha mesa. Atrapalha a digestão. Srta. Charming, que tal visitarmos a Sra. Wattlesbrook? Acredito que ela esteja interessada em ouvir sobre qualquer insatisfação durante sua visita.

A Srta. Charming olhou para tia Saffronia com o olho seco, como um ganso pensando em morder, depois assentiu e disse:

— Combinado.

Jane pensou: a Sra. Wattlesbrook vai transformar o Sr. Nobley no bichinho de estimação de Charming antes do pôr do sol.

Ele fora a escolha da Srta. Charming desde o começo, embora rapidamente tenha mostrado dificuldade em sustentar o interesse da mulher. Ele era o mais atraente, sem dúvida, e dava a aparência de ter uma verdadeira profundidade, se apenas relaxasse um pouco. Jane estava curiosa para ver como ele mudaria depois que Wattlesbrook o mandasse seduzir a Srta. Charming. E, por Jane, não haveria problema. E daí que ele tinha vindo (desnecessariamente) correndo para salvá-la com a camisa para fora? A forma como ele disse "Não seja tola, Srta. Erstwhile" a fez querer enfiar o dedo no olho dele. Ele deveria ser adorável no estilo Darcy, não enlouquecedor e irritante.

Depois que as damas saíram, Jane leu na biblioteca, depois no salão matinal, em seguida, no verão falso da estufa, com as pontas secas das folhas sussurrando em seu pescoço, fazendo cócegas até irritá-la. Ela *não* queria caminhar pelo jardim mais uma vez, obrigada. Então, entediada até o desespero, ela foi até Pembrook Cottage.

Foi uma caminhada rápida de cinco minutos por uma estradinha de cascalho, com o guarda-sol cobrindo-a com uma sombra circular perfeita. A manhã de novembro estava fria e úmida e enchia o ar com ideias de colheita e abóboras e doces ou travessuras com uma fantasia improvisada de bailarina completamente coberta por um casaco de esqui. Jane ficou melancólica.

Pembrook Cottage foi construída com os mesmos tijolos amarelos da casa principal, embora fosse bem menor e tivesse apenas um andar e quatro janelas de frente. O jardim ao redor era idílico, com macieiras baixas, algumas frutas de fim de estação e alguns ásteres azuis entre os emaranhados de grama. Era o tipo de casa que se sonhava em alugar para o verão, um lugar para onde se iria correndo a fim de se sentar em uma cadeira confortável e dar um suspiro de alívio.

E, então, Jane viu a Srta. Heartwright pela janela, bordando na única sala de estar do chalé enquanto sua mãe, a Sra. Heartwright, roncava em uma cadeira. A velha senhora estava dormindo na primeira vez que Jane visitou o chalé com as outras damas de Pembrook. A Srta. Heartwright ergueu o olhar do bordado na direção da parede oposta, e Jane teve um vislumbre de seu rosto, com a expressão no olhar demonstrando um tédio apavorado. Jane quase saiu correndo, mas a pena da pobre mulher a fez bater à porta.

Além do mais, pensou Jane, agora estou mesmo no jogo, e é isso que uma mulher do período regencial faria. Até a elitista Emma fazia visitas.

Uma empregada de bochechas vermelhas a conduziu até a sala de estar, a uma cadeira ao lado da lareira, e cumprimentos foram trocados.

— Ah, obrigada pela visita, Srta. Erstwhile! — disse a Srta. Heartwright muitas vezes. E, de alguma forma, não foi irritante. A adorável dama estava vibrando.

— Por que você...?

Jane esteve prestes a perguntar por que a Srta. Heartwright aguentava essa vida insípida. Sem dúvida, com o dinheiro que ela estava pagando e com o status de Cliente Ideal, ela podia ser hóspede na casa principal, mas Jane sabia que tais perguntas eram proibidas. Era provável que a Sra. Heartwright só estivesse fingindo roncar e estivesse ouvindo com atenção qualquer coisa para contar para a proprietária. Mas, nossa, aquele ronco parecia real. Por outro lado, talvez ela fosse uma pobre senhora senil de um vilarejo das redondezas que não fazia ideia do que estava acontecendo. Seria a cara da Sra. Wattlesbrook enganar a família daquela senhora para que pagassem para que ela ficasse em uma autêntica casa de repouso do século XIX.

Jane limpou a garganta.

— Quero dizer, como você está hoje, Srta. Heartwright?

Elas conversaram sobre o tempo (úmido e com vento), sobre as caçadas dos cavalheiros (faisões), novidades (Sir John no boticário, motivo de grande preocupação). Jane achou que havia entendido por que Austen costumava deixar essas conversas para o narrador e poupava o leitor do desagrado de ter que acompanhar palavra por palavra.

Depois de um tempo, Jane mudou de assunto.

— Você gostaria de ir até a casa principal? Poderíamos esperar os cavalheiros voltarem e perguntar pelo estado de Sir John o mais cedo possível...

— Sim! — A Srta. Heartwright deu um salto.

Jane tinha certeza de que o entusiasmo da Srta. Heartwright não era pela preocupação com o marido bêbado, mas pela chance de passar um tempo com o Sr. Nobley.

Eca, pensou Jane, ao perceber que estava se transformando na pobre Fanny Price de *Mansfield Park*: a garota simples, de classe baixa, aquela que não tinha ninguém para lhe dar o braço. Naquele momento, ela não recusaria Henry Crawford, aquele pedaço de mau caminho sem-vergonha.

Elas caminharam até a casa principal, esmagando cascalho com suas botas e o vento balançando os laços dos chapéus.

— Tenho certeza de que minha tia vai convidar você para ficar para o jantar — disse Jane.

— Espero que sim. Mamãe vai ficar bem sozinha com Hillary, e eu gosto tanto da companhia de todos de Pembrook Park. Você em particular, Srta. Jane. — Ela segurou seu braço. — Espero que sejamos boas amigas.

Se a Srta. Heartwright fosse menos perfeita, isso teria parecido engraçado. Mas como ela não tinha defeitos era apenas exasperante. De uma forma amável, é claro.

Uma carruagem que se aproximava pelo caminho poupou Jane de ter que responder.

— Devem ser tia Saffronia e a Srta. Charming. Apresse-se — disse Jane, só porque ela sempre quis dizer isso.

Era incrível como a visão de qualquer objeto em movimento era empolgante quando se levava uma vida tão restrita. Elas se apressaram (de uma maneira reservada e apropriada) para receber a carruagem quando ela parou em frente à casa, mas pararam de repente ao verem um estranho saindo pela porta do veículo.

A Srta. Heartwright soltou o braço de Jane e deu um passo para trás. Aparentemente, ele não era estranho para ela.

O homem tinha 1,90m ou mais, era largo, deliciosamente masculino e tinha cabelos escuros. Tinha uma aura agradável de garoto de fazenda, embora também parecesse à vontade no uniforme com viés dourado. Que maneira perfeita de começar sua verdadeira imersão na Austenlândia! Jane torcia para que ele fosse solteiro, que o personagem que ele fazia fosse solteiro, o que fosse.

Ele ficou ali de pé, esperando, olhando para o horizonte. Se a Srta. Heartwright o conhecia, as regras da sociedade diziam que ele não podia falar com ela, a não ser que ela falasse com ele primeiro, e então caberia a ela apresentá-lo a Jane.

A Srta. Heartwright estava examinando o cascalho.

Jane a cutucou.

— Vocês dois se conhecem?

— Ah, sim, me perdoe. Srta. Erstwhile, eu gostaria de apresentar o Sr. George East. Sr. East, esta é a Srta. Jane Erstwhile, sobrinha de Sir e Lady Templeton.

O Sr. East fez uma reverência. E o fez muito bem.

— Como vai, Srta. Erstwhile. Sou o capitão East.

— Capitão? — A voz da Srta. Heartwright soou aguda.

Seus olhos se encontraram, e os dois olharam para o outro lado. Nossa, foi constrangedor.

— Ah — disse Jane, lembrando que tia Saffronia tinha falado de um homem rejeitado no passado da Srta. Heartwright. E aqui estava ele, e agora capitão, ao que parecia. — Ah, quero dizer, eu não devia deixar o senhor aí de pé depois da sua viagem. Minha tia está fora, mas entre e sente-se conosco, por favor.

Será que isso era o certo? Podiam duas damas solteiras ficar sozinhas com um homem solteiro? Jane não conseguia lembrar com certeza, mas nenhum dos dois protestou, e eles se sentaram na sala de estar, pois era para isso que ela servia. Jane pediu para uma criada levar chá (e se sentiu bem por ser a senhora da casa naquele momento), e em pouco tempo ela e o capitão East estavam tendo uma conversa animada enquanto a Srta. Heartwright, absorta em um silêncio incomum, ficou sentada imóvel e ereta em um canto.

— Então ali estávamos nós — disse o capitão —, um único navio britânico cercado por quatro embarcações de guerra francesas, sem ajuda à vista. O capitão estava morto no convés, e a tripulação estava apavorada. "Rendam-se!" foi o grito ouvido com sotaque áspero francês. "Nunca!", eu disse. Admito para a senhorita, Srta. Erstwhile, que fiquei bastante tentado, mas eu tinha que encorajar meus homens. "Nunca!", eu disse.

— Mas por que não? — perguntou Jane, experimentando ser a mulher ansiosa que ouve sobre o mundo selvagem a partir da aventura de um homem. — Não poderia haver desonra nisso, com o capitão morto e seus homens em menor número.

O capitão East fez uma pausa, olhou para as mãos, com a lembrança de falsas batalhas lutando lindamente em sua testa de ator.

— Eu tinha visto meu corajoso capitão em circunstâncias similares. Ele dissera: "Quando meu coração britânico me diz o que devo fazer, não tenho medo de segui-lo."

— Com licença. — A Srta. Heartwright ficou de pé, deixando um livro cair de seu colo. — Preciso ver como mamãe está. — E saiu apressada.

O capitão East também ficou de pé, pois as Regras eram bem claras sobre ele e Jane não poderem ficar juntos sem acompanhantes.

— Vou chamar Matilda para mostrar-lhe seu quarto, capitão.

— Obrigado. — Ele sorriu e observou o rosto dela. — É um prazer conhecê-la, Srta. Heartwright.

Quando Matilda o levou, Jane anunciou para a sala vazia:

— Se você está ouvindo, Big Brother, eu me recuso a ser Fanny Price

O cara entre os namorados n° 6 e 7

Paul Diaz, VINTE E POUCOS ANOS

Ele era da turma dela de pintura em aquarela, tão fofo e do tipo tímido e doce. Eles obviamente ficaram atraídos um pelo outro, com a atração vibrando entre os dois, inspirando-a a se entregar à paixão no estilo adolescente e a escrever o nome dele em caligrafia cheia de curvas e flores. Ela deu abertura, mas achava que ele era tímido demais para convidá-la para sair. No dia seguinte à prova final, ela o encontrou por acaso na lanchonete do campus e achou que não tinha nada a perder.

— Meu trabalho vai dar um jantar elegante na semana que vem e a comida deve ser ótima. Você gostaria de ir comigo?

— Ah, hum, talvez, tenho que ver — disse ele. E depois:

— Qual é mesmo seu nome?

Sempre há alguma coisa a perder.

Dia 8, continuação

NAQUELA NOITE, A CAMINHADA DA sala de estar até a sala de jantar foi agitada.

— Deixe-me ver — disse tia Saffronia, percebendo o que estava fazendo antes de começar a roer uma unha. — Sr. Nobley, o senhor faria a gentileza de tomar meu braço? Coronel Andrews, o senhor acompanharia a Srta. Charming? E capitão East (estou tão feliz em ouvir sobre sua promoção, meu querido! E muito merecida, tenho certeza), acompanhe a Srta. Heartwright, por favor. Acredito que vocês já se conhecem. Jane, querida, você tem certeza de que não se importa de vir sozinha? Posso jantar em meus aposentos se você preferir. Não? Sir John pede desculpas por não voltar a Park, mas planeja passar mais um tempo na cidade, pelo menos umas duas semanas, para ficar perto do boticário. Pobrezinho dele, então sinto que você talvez não volte a vê-lo antes de ir embora. Bem, agora que está acertado, vamos jantar?

E por todas as etapas de sopa, ave, peixe, fruta e nozes, Jane flertou loucamente (de uma forma contida e regencial) com o coronel Andrews, que ficou animado com a atenção. Logo ficou claro que a Srta. Heartwright não estava interessada no antigo conhecido, então Jane acrescentou o capitão East à lista de homens para quem bater os cílios. O Sr. Nobley agora estava fora de cogitação, pensava ela. Ele parecia ser o queridinho da Srta. Heartwright. Mas, depois da visita da Srta. Charming à mesa de reclamações da Sra. Wattlesbrook, ela certamente teria atenção prioritária do homem da sua escolha. Talvez as duas damas brigassem por ele. Pembrook Park ansiava por uma luta de damas na lama.

Jane, o capitão e o coronel optaram por não jogar cartas, sentaram-se à janela e debocharam do Sr. Nobley. Ela olhou uma vez para o jardim, imaginou Martin vendo-a agora e sentiu-se popular e bonita, como Emma Woodhouse dos cachos aos sapatos. Ajudava muito o fato de todos os homens serem tão magníficos. Irreais, na verdade. A Austenlândia estava ficando mais agradável.

— Os senhores acham que ele consegue nos ouvir? — perguntou Jane. — Estão vendo como ele não levanta os olhos daquele livro? O jeito e a expressão estão um pouco determinados *demais*, não acham?

— A senhorita está certa, Srta. Erstwhile — disse o coronel Andrews.

— As sobrancelhas dele estão tremendo — disse o capitão East seriamente.

— É mesmo, capitão! — disse o coronel. — Bem observado.

— Por outro lado, o tremor de sobrancelha poderia ser causado por alguma culpa profunda — disse Jane.

— Acredito que a senhorita está certa de novo, Srta. Erstwhile. Talvez ele não consiga nos escutar.

— É claro que consigo escutá-lo, coronel Andrews — disse o Sr. Nobley, com os olhos ainda no livro. — Eu teria que ser surdo para não ouvir, pela forma como você fala.

— Não se irrite conosco, Nobley, só estamos nos divertindo um pouco, e você está sendo um tédio. Não consigo tolerar quando meus amigos insistem em ser cultos. A única integrante do nosso grupo que consegue afastá-lo dos livros é a nossa Srta. Heartwright, mas ela também parece pensativa demais hoje, então nossa causa está perdida.

O Sr. Nobley ergueu o olhar neste momento, bem na hora de ver o rosto da Srta. Heartwright se afastar timidamente.

— Você poderia ser um pouco mais delicado com as damas, coronel Andrews — disse ele.

— Bobagem e besteira. Concordo com a Srta. Erstwhile, você está agindo como um espantalho. Não sei por que age assim, Nobley, quando é uma pessoa tão agradável ao redor da mesa quando tomamos um Porto ou no campo.

— É mesmo? Isso é curioso — disse Jane. — Por que, Sr. Nobley, o senhor é generoso com suas atenções com os cavalheiros, mas taciturno e retraído quando perto do sexo frágil?

Os olhos do Sr. Nobley voltaram para a página impressa, embora não seguissem as linhas.

— Talvez eu não possua o tipo de conversa que interessaria a uma dama.

— O senhor diz "talvez" como se não acreditasse em si mesmo. Que outra razão poderia haver, senhor? — Jane sorriu. Alfinetar o Sr. Nobley estava tornando a noite muito útil.

— Talvez outro motivo possa ser que eu não ache a conversa das damas muito estimulante. — Os olhos dele estavam sombrios.

— Hum, não consigo imaginar por que o senhor ainda não casou.

— Eu poderia dizer o mesmo da senhorita.

— Sr. Nobley! — disse tia Saffronia.

— Não, tudo bem, tia — disse Jane. — Eu pedi. E não me importo de responder. — Ela colocou uma das mãos no quadril e olhou para ele. — Um dos motivos para eu não ter me casado é por não existirem homens o suficiente com coragem de guardar seus medos de garotinho e se comprometer ao amor e ser fiel a ele.

— E *talvez* os homens não *sejam fiéis* por um motivo.

— E que motivo seria?

— O motivo são as mulheres. — Ele fechou o livro com força. — As mulheres tornam a vida impossível até o homem ter que ser quem acaba com ela. Não há como consertar depois de um determinado ponto. Como alguém pode consertar a loucura?

O Sr. Nobley respirou com irregularidade, e depois seu rosto ficou vermelho quando ele pareceu perceber o que havia dito e onde estava. Ele colocou o livro sobre a mesa com delicadeza, contraiu os lábios, limpou a garganta.

Ninguém na sala fez contato visual.

— Alguém tem *problemas* — disse a Srta. Charming com voz baixa e cantarolada.

— Eu lhe peço, Lady Templeton — disse o coronel Andrews, ficando de pé, com o sorriso despreocupado e quase convincente —, que toque alguma coisa animada ao piano. Prometi ceder uma dança à Srta. Erstwhile. Não posso falhar na promessa a uma coisinha tão adorável e acabar partindo seu coração e denegrindo ainda mais a imagem dela do mundo, então a senhora entende minha urgência.

— Excelente sugestão, coronel Andrews — disse tia Saffronia. — Parece que nossos espíritos precisam se animar. Acho que sentimos a falta da presença de Sir Templeton, sem dúvida.

O Sr. Nobley, é claro, recusou a dança, então Jane e o coronel ficaram de pé com o capitão East e a Srta. Charming, cujo humor melhorava rapidamente. Duas vezes ela se virou para o lado errado e se chocou com o ombro do capitão, dizendo coisas como "nossa, nossa" e "perdão". Jane espiou o Sr. Nobley no sofá, olhando pela janela e para o reflexo dos dançarinos.

Na música seguinte, os casais trocaram de parceiros, e apesar de o capitão East não ser tão divertido e bem-humorado quanto o coronel, sem aquele tom cruel que Jane achava atraente apesar de tudo, ele era, na verdade, lindo de uma maneira Clark Kent sem os óculos. E um dançarino muito seguro. E a fez se sentir pequena e como uma menininha quando colocou a mão em sua cintura para passar entre o outro casal. Era uma experiência deliciosa o mero fato de ser tocada, e sua pele regencial ansiava por intimidade, e sua pele real ainda sentia falta dos dedos de Martin. O animal grosseiro.

— Estamos tão felizes de o senhor ter vindo nos visitar, capitão East — disse Jane.

— Eu também. Estou mesmo.

Será que ele era para ela, então? Poderia a Sra. Wattlesbrook ter um coração mole, afinal? Ele seria um ótimo muro de tijolos contra o qual bater a cabeça para apagar a loucura pelo Sr. Darcy. Ele também seria uma bela visão ao seu lado em caminhadas pelo jardim, se Martin por acaso olhasse na direção dela.

No final daquela música, por ser um cavalheiro, o capitão East foi até a Srta. Heartwright, sozinha e abandonada no sofá.

— Srta. Heartwright, a senhorita gostaria de dançar?

Parecia óbvio para Jane que a Srta. Heartwright não gostaria, mas ela ficou de pé com o capitão mesmo assim. Qual era a história deles? Às vezes a Srta. Heartwright parecia Fanny Price, às vezes Jane Bennet ou Jane Fairfax, às vezes Anne Elliot.

— Eu imploraria por uma segunda dança com a senhorita, Srta. Charming — disse o coronel. — A senhorita faz jus ao nome!

— Ah, vá em frente — disse a Srta. Charming.

Pela forma como a Srta. Charming estava corando agora, de forma real e sincera, sem fingimento, parecia que ela tinha feito sua escolha, e essa não era o Sr. Nobley. Assim, Jane foi deixada de escanteio de novo. Ela não se importava. De verdade. Certo, talvez só um pouco. Afinal, esta noite estava sendo a mais divertida desde que ela chegara.

— Srta. Erstwhile? — O Sr. Nobley estava ao lado dela de repente. — Parece que meu dever cavalheiresco é convidá-la para dançar.

Ela olhou para a mão dele.

— O senhor ainda está segurando o livro, Sr. Nobley.

Ele o pousou sobre uma mesa, colocou um braço nas costas e esticou o outro para ela.

Ela suspirou.

— Lamento por tê-lo perturbado antes, mas prefiro não dançar por dever.

A mão dele continuou esticada para ela.

— Mas seria uma honra para mim.

Ela revirou os olhos, mas pegou a mão dele. Na primeira vez que ele tocou na cintura dela, ela levou um susto. Não havia nada de passivo no toque dele, nada de fraco. Ela estava ciente da mão dele da mesma forma que costumava ficar constrangida com o olhar dele procurando-a. Era no mínimo surpreendente.

Com apenas três casais, eles ficavam em movimento constante. Como regra geral, a conversa é mais íntima em um grupo grande, mas, com apenas seis pessoas, cada palavra e cada silêncio se tornavam públicos.

Coronel Andrews: "Que vestido lindo, Srta. Charming! A senhorita o veste bem ou será que eu deveria dizer que lhe cai bem?"

Srta. Charming: "Ah, seu levadinho!"

Srta. Erstwhile: "O senhor sabe o nome desta música, Sr Nobley?"

Sr. Nobley: "Não sei. É uma melodia campestre."

Capitão East: ...

Srta. Heartwright: ...

Coronel Andrews: "Peço perdão, Srta. Charming. Parece que enfiei meu pé debaixo do seu de novo."

Srta. Charming: "Na mosca!"

Srta. Erstwhile: "É um grande alívio, Sr. Nobley, já saber que o senhor acha esta atividade vulgar e sua parceira indigna. Nos poupa as conversinhas."

Sr. Nobley: "Mas a senhorita não para de falar mesmo assim."

Tia Saffronia: "Linda dança! Devo tocar outra música?"

Srta. Erstwhile: "O que o senhor acha, Sr. Nobley? Pronto para encerrar?"

"Sr. Nobley: "Acho." Ele fez uma reverência. "Acho que vou me recolher cedo. Desejo-lhe uma boa-noite."

Coronel Andrews: "E assim acaba a diversão."

Srta. Charming: "Esperem, eu não me sinto bem... toda essa dança..." Ela colocou a mão na testa e desmaiou nos braços dele. Ele foi forçado a carregá-la até o quarto dela.

Garota esperta, pensou Jane, cumprimentando-a com dois dedos. *Touché*, Srta. Charming.

Namorado nº 7

Juan Inskeep, 25 ANOS

Gay.

dia 9

DEPOIS DO CAFÉ DA MANHÃ, os cavalheiros foram atirar, tia Saffronia estava ocupada com os servos mudos e a Srta. Heartwright ainda estava no chalé, deixando Jane e a Srta. Charming sozinhas no salão matinal. Elas olharam para o papel de parede com estampa marrom.

— Estou tão entediada. Não foi isso que a Sra. Wattlesbrook me prometeu ontem.

— Poderíamos jogar *whist* — disse Jane. — *Whist* de manhã, *whist* à noite, não é divertido?

O papel de parede não mudou. Jane manteve o olhar nele mesmo assim.

— Era isso que você esperava? — perguntou a Srta. Charming.

Jane olhou para o abajur, perguntando-se se a Sra. Wattlesbrook tinha colocado algum tipo de escuta ali.

— Sou Jane Erstwhile, sobrinha de Lady Templeton, em visita dos Estados Unidos — disse ela roboticamente.

— Bem, não aguento nem mais um minuto. Vou procurar aquela Miss Heartwreck e ver o que ela pensa.

O olhar de Jane foi da parede para a janela, e ela procurou sinais dos homens no campo, perguntando-se se o capitão East a achava bonita, se o coronel Andrews gostava mais dela do que da Srta. Charming.

Pare, ela disse para si mesma.

E então, ela pensou no Sr. Nobley na noite anterior, no estranho desabafo, na insistência em dançar com ela e no recolhimento repentino após uma dança. Ele era verdadeiramente exasperante. Mas ela refletiu que ele a irritava de uma maneira bastante útil. O sonho do Sr. Darcy estava se entrelaçando com a realidade desagradável do Sr. Nobley. Quando ela se deu uma pausa para absorver a ideia, a verdade lhe pareceu tão destruidora quanto a descoberta sobre o Papai Noel aos 8 anos. *Não existe Sr. Darcy.* Ou, mais precisamente: *O Sr. Darcy seria na verdade um idiota chato e pomposo.*

Espere um minuto, por que ela estava sempre tão preocupada com os cavalheiros de Austen, afinal? E a heroína de Austen? Até a pobre Fanny Price recuou, manteve-se firme e esperou que seu Edmond acabasse indo até ela. E Elizabeth Bennet, a maravilhosa Elizabeth! Lembra-se de como ela aprendeu a lição rapidinho depois de Wickham e riu de tudo? Lembra-se de quão facilmente ela deixou que a decepção do coronel Fitzwilliam se dissipasse? Jane ficou chocada ao reconhecer no seu velho eu mais da ansiosa e obcecada por casamento Sra. Bennet do que da vivaz Elizabeth. Com a propriedade do pai comprometida por herança a outra pessoa, o casamento não era uma conveniência para Elizabeth, era vida ou morte. E, mesmo assim, ela conseguia rir e adiá-lo para quando realmente se apaixonasse. Portanto, Jane não podia desistir dos homens. Martin tinha provado isso. Mas podia dispensar sua intensidade, viver o sonho agora e voltar para o mundo plena e livre de Darcy.

Ela estava pronta para começar agora. O relógio do salão matinal tiquetaqueava. Nada se movia do lado de fora das janelas. Ela coçou o pescoço e suspirou.

Incomodada pela inquietação e ansiosa por ação de qualquer tipo, Jane correu até o quarto para verificar o e-mail no celular. Matilda entrou para arrumar, então Jane enfiou o celular no corpete e desceu para a biblioteca. De um assento perto da janela no canto, ela ficava escondida do resto da sala e da visão do corredor. Dissimulação era seu nome, contrabando de mensagens eletrônicas era seu campo de ação. Ela demorou apenas um momento para verificar a caixa de entrada em busca da que queria. Molly não a tinha decepcionado.

Jane,
Não consegui descobrir nada sobre Martin Jasper de Sheffield, pelo menos da nossa geração. Desculpe. Uma vida limpa, talvez? Fiz busca sobre Henry Jenkins de Brighton. Sem antecedentes, sem dependentes. Estudou teatro e história em Cambridge. Li a transcrição do processo de divórcio dele de 4 anos atrás — uau, baby! Quanto melodrama. Esse Henry parece uma verdadeira rocha, não caiu nas armadilhas do advogado, mas as coisas que ele conta: a esposa dormiu com o vizinho, ele a perdoou, ela vendeu o carro para pagar um final de semana impetuoso em Mônaco, ele a perdoou, mas, quando ela se livrou do peixe

dele porque ele disse que queria ter filhos, ele finalmente pôs fim em tudo. Disse coisas como que ainda amava a mulher com quem se casou e sempre amaria. Depois veio o testemunho dela: que aparece como a mulher de coração partido e rejeitada, mas, assim que o outro lado começa, ela desmorona, grita como um demônio e é expulsa do tribunal. Quem é esse cara que ficou casado com ela por 5 anos? Você vai ter que me explicar.

Sinto saudades. Acho ótimo você estar aí, acho você muito corajosa. Vamos até a praia quando você voltar. Deixo Phil e os gêmeos aqui no fim de semana, vamos só as garotas. E se você encontrar o Sr. Darcy diga para ele que quero minha camisola preta de volta.

Bjs,

Molls

Jane estava lendo a mensagem pela quinta vez quando ouviu vozes do outro lado da estante de livros. Suas mãos tremeram ao desligar o telefone e enfiá-lo no decote. Quando ela se acalmou o bastante para ouvir, a conversa de um homem e uma mulher ecoou pelos livros.

— Srta. Charming, eu... eu... isso é...

— Sim, coronel Andrews?

— Srta. Charming, me desculpe o atrevimento, mas preciso conversar com a senhorita sozinho, senão vou enlouquecer. Estou lutando contra meus sentimentos já faz algum tempo e...

Sons de passos.

— Sim, sim, prossiga.

— Não é fácil ser filho de um conde. As pessoas esperam tanto de mim, do modo como ajo. Sou conhecido na cidade como libertino, patife, canalha...

Jane balançou a cabeça. Tinha certeza de que Austen não teria escrito um diálogo assim.

— É mesmo, coronel Andrews?

— Bem, talvez eu tenha sido em uma época, mas me cansei disso tudo. Tenho sentimentos profundos. Desejo ter alguém que conheça meu verdadeiro eu, alguém com quem eu possa ficar a sós e compartilhar meus pensamentos. E passei a sentir, sem insegurança nenhuma no meu coração, que a senhorita é essa pessoa. Essa pessoa é a senhorita, Srta. Charming.

— Ah, coronel Andrews!

— Minha querida, querida, Lizzy.

Sons de risos, beijos e sussurros.

— A senhorita não pode contar para ninguém. Por favor, Lizzy. Sou prometido para outra, uma condessa viúva odiosa, mas deve haver uma forma de eu escapar dessa promessa. Vou encontrar uma maneira. Preciso ter você, Lizzy. Você é *encantadora*.

Mais risos, alguns sussurros, o som de alguém indo embora, e então a voz da Srta. Charming cantarolando sozinha:

— Ha ha-ha ha ha-ha. — Depois, ela se foi.

Jane apoiou a cabeça na estante e expirou uma gargalhada bastante lenta.

Bem, pensou ela, aquele pedido devia ser um tônico tão bom para a fantasia dela quanto qualquer outro.

Ah, bem. Um cavalheiro já foi, faltavam dois. O jogo estava em andamento.

Namorado n° 8

Bobby Winkle, 23 ANOS

O relacionamento deles foi daqueles que começou com amizade e se transformou lentamente, com a sedução crescendo como eletricidade estática entre os corpos. Eles namoraram por seis meses durante aquele período complicado da faculdade em que se termina o ciclo básico e é preciso escolher que carreira seguir. Nem os pais dele nem os dela criaram caso (ele era negro, ela era branca), e eles se davam muito bem, desafiando o curto-circuito que era o choque de culturas. Ele foi fazer um estágio na Guatemala, um passo na direção da futura carreira em Relações Internacionais. Os dois choraram no aeroporto.

Ele voltou seis meses depois e não ligou. Ano passado, Jane soube que Bobby (agora, "Robert") estava concorrendo a uma vaga no Congresso. Em uma pesquisa recente, ele não estava indo bem entre o grupo de mulheres rejeitadas de 30 e poucos anos.

Dias 9-10

QUANDO OS HOMENS ENTRARAM NA sala de estar antes do jantar, a Srta. Charming, que estava silenciosa na cadeira, se animou e corou, tímida e envergonhada. Jane observou tudo se desenrolar: a necessidade de reconhecimento da Srta. Charming pelo que havia acontecido na biblioteca, os meios sorrisos roubados do coronel Andrews, a melancolia alheia da Srta. Heartwright. Estranhamente, o Sr. Nobley (seria ele Henry Jenkins?) parecia de bom humor. Para ele. Pelo menos, ele entrou no aposento com quase um sorriso e o manteve no rosto por toda a noite.

Jane sorriu por Lizzy Charming durante o jantar. Estava claro que abrir mão do carro e de Florença estava compensando. Mas, em algum momento durante a sobremesa, Jane sentiu uma pontada de inveja. Tratou de dispensar o sentimento. Ele surgiu de novo, mas desta vez disfarçado de autopiedade, mas do tipo comedido e nobre. O problema era aquela pergunta irritante e sempre presente: Qual era o problema com ela? Será que não era atraente? Ela nunca tinha se apaixonado sem ter o coração destroçado. E agora, como não era a cliente ideal, será que lhe negariam até o amor falso?

Não. Ainda havia dois cavalheiros, e a Srta. Heartwright não poderia ficar com os dois.

— Chega de *whist*, eu imploro — disse tia Saffronia depois do jantar. — Vamos ouvir música.

— De fato — disse o capitão East. — Acredito que a senhorita tenha me prometido uma música, Srta. Erstwhile.

Jane tinha certeza de nunca ter feito tal promessa, mas pareceu um comentário apropriado, então ela se levantou e seguiu graciosamente até o piano.

— Se o senhor insiste, capitão East, mas devo também pedir que me perdoe. E o senhor também, Sr. Nobley, pois sei que é criterioso com música bem-tocada e sem dúvida um crítico mordaz quando se trata de uma melodia mal-executada.

— Acredito — disse o Sr. Nobley — que nunca vi uma jovem prestes a tocar que não tenha pedido desculpas pela falta de habilidade antes e acabado por tocar perfeitamente depois. O pedido de desculpas sem dúvida serve como o prelúdio que prepara a música para uma maior apreciação.

— Então rezo para não decepcioná-los.

Ela sorriu expressivamente para o capitão East, que se sentou inclinado para a frente, com os braços apoiados nos joelhos, ansioso. Com delicadeza profissional, Jane ajeitou a saia, endireitou a partitura, posicionou os dedos, e então, com uma das mãos, tocou nas teclas pretas e cantou junto com as notas:

— Atirei o pau no gato-to, mas o gato-to não morreu-reu-reu, dona Chica-ca admirou-se-se do berro, do berro que o gato deu.

Ela se levantou e fez uma reverência para a sala.

O capitão East sorriu largamente. O Sr. Nobley tossiu. (Riu?) Jane se sentou no sofá e pegou o exemplar de poesia do século XVI deixado de lado.

— Isso foi... — disse tia Saffronia em meio ao silêncio.

— Bem, espero que o tempo fique bom amanhã — disse a Srta. Charming com o sotaque forçado. — Quero muito um joguinho de croquet.

ELES JOGARAM CROQUET NA MANHÃ seguinte.

— O senhor não vai me mostrar como usar os tacos nas bolas, coronel Andrews? — perguntou a Srta. Charming, com as sobrancelhas erguidas tão alto que tremiam.

O coronel Andrews teve dificuldade em desplastificar o sorriso.

O capitão East falou trivialidades para dissipar o constrangimento, com o corpo de rapaz trabalhador combinado à graça do cavalheiro lhe favorecendo em todos os aspectos. Não que Jane estivesse olhando para todos os aspectos, exceto quando ele estava de costas. Ele sustentou a conversa sobre o tempo, mas de uma forma muito divertida. Para a mente de Jane, nuvens nunca pareceram tão sexy.

Conforme o jogo progrediu, Andrews e Charming assumiram a liderança com zelo profissional, seguidos de Heartwright e Nobley, um par impressionante. Na retaguarda, Erstwhile e East conversavam, mas não conseguiam progredir. Quanto pior eles jogavam, mais Jane se sentia inebriada com o jogo ruim e com a risada ondulante de seu parceiro. O capitão East parecia poder jogar futebol americano profissional, mas segurava o taco na mão como se alguém o tivesse mandado comer bife com palitinhos japoneses, o que Jane achava hilário. Ele exagerava para impressioná-la, e era muito fácil rir.

Ele colocou uma perna de cada lado da bola e ergueu o taco.

— Cuidado, cuidado — disse Jane.

Ele bateu, houve um estalo oco e a bola colidiu com uma árvore.

— Eu juro que estou me esforçando. — A risada do capitão fez sua voz ficar seca e grave, e Jane pensou que se ele realmente se soltasse poderia acabar zurrando. — Nunca joguei esse jogo.

— Capitão East, o senhor vê como o Sr. Nobley fica me olhando daquele jeito? — disse Jane, observando o casal à frente. — O senhor acha que ele sente vergonha de nos conhecer?

— Ninguém deveria ter vergonha de conhecer a senhorita, Srta. Erstwhile — disse o capitão East.

Era precisamente a coisa certa a dizer e, de alguma forma, isso a tornou errada. Jane se perguntou se o Sr. Nobley tinha ouvido e imaginou o que ele pensava. Em seguida, se perguntou por que se importava. A única descoberta que ela conseguiu fazer era uma verdade dura, como um pedaço de maçã entalado na garganta: ela se preocupava com o que o Sr. Nobley achava dela. O pensamento causou-lhe raiva. Por que a crítica dos que a desaprovavam era tão valiosa? Quem disse que suas boas opiniões tendiam a ser mais racionais do que as das pessoas agradáveis?

Era a vez de Jane jogar. Sua mão escorregou no taco, a bola se deslocou dinâmicos 5 centímetros e eles riram de novo. O Sr. Nobley ainda estava olhando para eles. Seria possível que desejasse estar rindo também?

— Olhe, Srta. Erstwhile — disse o capitão. — Alguém está chegando. — A voz dele estava repleta de interesse, e ela achou que o ator não fazia ideia de quem podia ser.

Uma carruagem e dois cavalos pararam em frente à casa. Um hóspede novo era uma novidade importante em Pembrook Park, e os três casais abandonaram o jogo para investigar. Mas em pouco tempo eles conseguiram ver dois criados carregando um baú para o lado errado, da casa para a carruagem. Alguém estava indo, não vindo. Era o baú de Jane.

Quando Jane viu a Sra. Wattlesbrook no local, percebeu seu estômago se contorcer como se tivesse sentido cheiro de carne podre.

— O que está acontecendo? — perguntou Jane.

— Sua criada descobriu uma coisa não mencionável entre seus pertences. — A Sra. Wattlesbrook segurou um celular entre dois dedos. Jane olhou com raiva para a criada Matilda, que sorria de forma convencida.

Ela deve ganhar um bônus por se livrar de mim, pensou Jane. A bostinha.

— Acredito que fui bem clara, Srta. Erstwhile. Agradecemos por sua estadia e lamento que suas ações tenham me forçado a interrompê-la.

— Você vai mesmo me expulsar?

— Vou, vou *mesmo*. — A Sra. Wattlesbrook cruzou os braços.

Jane mordeu o lábio e ergueu a cabeça para olhar para o céu. Era engraçado ele parecer tão distante. Tinha a impressão de que ele estava pressionando sua cabeça, empurrando-a na terra. Que céu mais cruel.

Boa parte da equipe da casa estava presente agora. A Srta. Heartwright estava junto com os atores principais, sussurrando, como observadores chocados com um acidente na estrada, mas incapazes de afastar o olhar. Dois jardineiros também se aproximaram, com as ferramentas nas mãos. Martin limpou a testa, com confusão (tristeza?) pesando-lhe o rosto. Jane estava constrangida por vê-lo, por lembrar como tudo tinha terminado e se sentindo nada atraente naquele momento. A cena toda era um tanto Hester Prynne, e Jane se imaginou em uma forca com a letra C de "celular" em escarlate no peito.

Ela percebeu que ainda estava segurando o taco de croquet e pensou se ninguém se sentia ameaçado por ela. Jane o levantou. Seria divertido usá-lo para bater na janela? Não. Ela o entregou para a Srta. Charming.

— Vai com tudo, Charming.

— Certo — disse a Srta. Charming com insegurança.

— Por favor, queira fazer a gentileza de entrar na carruagem — disse a Sra. Wattlesbrook.

Maldita mulher. Agora que Jane tinha começado a se divertir. Por que um dos cavalheiros não se adiantava para defendê-la? Não era esse o propósito da existência deles? Ela achava que eles seriam demitidos se fizessem isso. Os covardes.

Ela ficou de pé no degrauzinho que levava à carruagem e se virou para olhar para os outros. Nunca tinha saído de um relacionamento com a última palavra, com algo poético e eterno, triunfante em meio à sua ruína. Ah, a fala perfeita! Ela abriu a boca, torcendo para alguma coisa certa sair de lá, mas a Srta. Heartwright falou primeiro.

— Sra. Wattlesbrook! Ah, céus, só agora percebi o que se sucedeu. — Ela levantou a barra da saia e andou até a carruagem. — Por favor, espere, isso é tudo culpa minha. A pobre Srta. Erstwhile só estava me fazendo um favor. Sabe, o dispositivo moderno era meu. Não percebi que estava com ele até chegar, e fiquei tão perturbada que a Srta. Erstwhile gentilmente se ofereceu para guardá-lo para mim em meio às coisas dela, onde eu não teria que vê-lo.

Jane ficou completamente imóvel. Ela chegou a questionar que instinto deixava seu corpo rígido quando em choque. Será que era uma presa por natureza? Um coelho com medo de se mexer quando um falcão o sobrevoa? A Sra. Wattlesbrook não se moveu também, nem piscou. Um minuto silencioso se arrastou enquanto todos esperavam.

— Entendo — disse a proprietária por fim. Ela olhou para Jane, para a Srta. Heartwright, depois mexeu nas chaves na lateral do corpo. — Bem, agora, *aham*, como foi sem querer, acho que devemos esquecer que aconteceu. Mas espero, Srta. Heartwright, que a senhorita continue a nos honrar com sua presença.

Ah, sua bruxa velha, pensou Jane.

— Sim, claro, obrigada. — A Srta. Heartwright estava em sua melhor forma, toda preocupação feminina, natural e agradável. Seus olhos brilhavam. De verdade.

Todos começaram a andar agora que não havia mais nada de perturbador para observar. Jane teve um vislumbre de Martin sorrindo, satisfeito, antes de se virar e ir embora.

— Sinto muito, Jane. Espero que me perdoe.

— Não foi nada, Srta. Heartwright.

— Amelia. — Ela segurou a mão de Jane para ajudá-la a descer da carruagem. — Você precisa me chamar de Amelia agora.

— Obrigada, Amelia.

Foi um momento tão fraternal que Jane pensou que elas talvez se abraçassem de verdade.

Elas não se abraçaram.

Namorado nº 9

Kevin Hyde, 27 ANOS

Como Jane o amava. Claro, ele usava uma gravata desnecessária para trabalhar, e suas roupas "casuais de fim de semana" eram calças cáqui, mas quem é perfeito? Uma vez, ela fez uma lista de "atributos necessários para o futuro marido", e Kevin até tinha a maior parte dos itens "legais de ter, mas negociáveis". Em retrospecto, ele tinha uma espécie de atração no estilo Darcy desde o começo, em seu jeito, na indiferença tranquila, por se apaixonar por Jane apesar do fato de não querer namorar sério.

Ele tocava violão direitinho. Eles faziam as palavras cruzadas de domingo juntos. Ele amava a mãe. Amava Jane. Até o momento no qual disse para ela, falando mais alto que o som de uma propaganda de loja de carros que talvez nunca tivesse realmente a amado.

— É que ficou difícil demais, não é? Quero dizer, você ainda está se divertindo?

Uma vez, na aula de ciências do ensino médio, o professor de Jane mergulhou uma laranja em nitrogênio líquido e a jogou no chão, quebrando feito vidro. Era a única forma que ela conhecia para descrever a sensação física que *teve no coração: fria e despedaçada. Ela tentou bancar a tranquila e disse:*

— É, está morrendo, não está? Bem, vamos continuar amigos.

Ela tentou, mas acabou implorando, com o nariz escorrendo, fazendo promessas, exibindo as emoções de uma forma desesperada que a assombraria muito depois de ela ter esquecido o cheiro de Kevin.

Eles ficaram juntos por 23 meses. Ela chegou a ir olhar vestidos de noiva escondida. Durante uma semana, ficou encolhida em um canto, chorando e tomando sorvete direto do pote. Pelo menos, no melhor estilo Emma, ela queimou as lembranças de Kevin uma a uma na tampa da panela wok.

Sinceramente, não ajudou nem um pouco, assim como o sorvete.

Dia 11

— Você precisa mesmo vir cavalgar conosco. Eu insisto — disse Amelia, reluzindo ainda mais do que o normal no sol de outono.

O Sr. Nobley estava usando a calça agradavelmente colada de caça, e apesar de isso *ser* um incentivo, passar a tarde como vela parecia cansativo. Mas Jane estava um pouco curiosa para observar o par. Ela não podia perguntar diretamente a Amelia sobre o Sr. Nobley (por algum motivo, parecia ser proibido na Austenlândia — mas falando sério, em *Razão e sensibilidade*, Elinor não podia ter perguntado à irmã mais nova se ela estava noiva do Sr. Willoughby? *Aquele* silêncio pareceu meio extremo). Assim, ela observou em busca de pistas. O Sr. Nobley nunca tocava em Amelia, nem se inclinava para perto, não se aproximava para sussurrar no ouvido dela (ou apenas respirar!), nenhuma das demonstrações públicas de afeto que o coronel Andrews despejava com galanteria na Srta. Charming. Se o Sr. Nobley já tivesse declarado seu amor por Amelia, então ele era um amante patético.

Ou seria ele o tipo de homem que amava demais, que só deixou a esposa louca porque queria muito ser pai? Espere, esse não era o Sr. Nobley, era Henry Jenkins. Mas será que eles eram a mesma pessoa? Tudo estava ficando muito confuso.

Jane apertou o laço do chapéu, na esperança de que fosse manter os pensamentos bem dentro da cabeça. Ela estava vestida para algo mais simples, com o vestido matinal cor-de-rosa (8 centímetros da barra da saia estavam manchados pelas caminhadas secretas), uma jaqueta curta e o chapéu, e não tinha nada para livrá-la da cavalgada, exceto talvez alegar uma falsa dor de cabeça, mas isso era clichê demais.

— Tem certeza? — perguntou ela.

Pouco tempo depois, ela estava subindo na intimidante sela lateral e sussurrando "Calma, burro amigo" quando o capitão East apareceu.

— Vai cavalgar, Srta. Erstwhile?

— Sim, e gostaria que o senhor viesse.

Ele concordou antes que Amelia aparecesse com seu cavalo. O capitão East fez uma careta, mas não podia recuar agora.

Jane estava determinada a ficar longe do casal e ter um pouco de tempo sozinha com o príncipe encantado. O capitão

East não fazia seu coração disparar, mas era mais bonito do que o estilo jogador de futebol americano da escola, e ser cortejada ainda que falsamente por ele tornaria as férias no mínimo interessantes. Mas, como um tolo espalhafatoso, o Sr. Nobley deixava que seu cavalo se adiantasse, separando Jane e o capitão East, e deixando Amelia cavalgando sozinha. Jane corrigia as posições e o Sr. Nobley bagunçava tudo de novo.

Ela olhou para ele com raiva. E mesmo assim ele não percebeu.

Mas logo ele estava olhando com raiva, e ela retribuiu com o olhar cheio de ira que dizia "por que você está me olhando com raiva?", e os olhos dele demonstraram exasperação, e ela estava prestes a chamá-lo de ridículo quando ele disse:

— Srta. Erstwhile, a senhorita está corada. Não quer descansar por um momento? Pode seguir com a Srta. Heartwright, capitão East, e iremos logo atrás.

Quando os outros dois estavam longe o bastante para não ouvirem, Jane transformou a raiva em palavras.

— O que você está fazendo? Estou bem.

— Perdão, Srta. Erstwhile, mas eu estava tentando dar alguns momentos a sós para o capitão East e a Srta. Heartwright. Ela me contou sobre o passado difícil deles, e eu esperava que um tempo para conversar servisse para aliviar a tensão entre eles.

— Certo — disse Jane, rindo —, então eu sou meio lenta.

Ela sabia que aquilo não soava nada no estilo Austen, mas, por algum motivo, não conseguia se obrigar a tentar usar o dialeto morto perto do Sr. Nobley.

Depois que ela jurou manter segredo e fez o melhor que pôde para parecer confiável e reservada, o Sr. Nobley revelou que os dois foram mais do que conhecidos que se gostavam. Na verdade, no ano anterior ele a tinha pedido em casamento, e ela aceitara.

— A mãe dela não aprovou, pois ele era apenas um marinheiro. O Sr. Heartwright, irmão dela, informou East de que ele estava dispensado de ser pretendente dela, e a Srta. Heartwright nunca teve oportunidade de explicar que não foi por desejo dela. Ela teme ser tarde demais agora, mas acho que, bem lá no fundo do coração, ela nunca o esqueceu.

— Ah — disse Jane, agora encaixando a história deles no contexto certo dos romances de Austen: *Persuasão*, mais ou menos. E isso era um saco. O capitão East oferecera a Jane a melhor possibilidade de amor corretivo. Ah, bem. Menos dois... sobrava um? Ela observou o Sr. Nobley e se perguntou por que tinha a impressão de que ele era perigoso ou que assim seria se não parecesse cansado ou entediado com tanta frequência. Será que ele era um tigre adormecido? Ou um saco de batatas?

— E o que o senhor sente quanto a isso, Sr. Nobley? — perguntou ela.

— Não importa o que sinto pela Srta. Heartwright. — Ele fez o cavalo seguir adiante, e o dela foi atrás.

Ela não estava falando sobre a Srta. Heartwright, mas tudo bem.

— Espere, o senhor está magoado? — Ela sabia que a Srta. Erstwhile não devia fazer essa pergunta, mas Jane não conseguiu evitar.

— Não, é claro que não.

— Não por causa da Srta. Heartwright, pelo menos. — Jane observou o rosto do Sr. Nobley com atenção em busca de sinais de Henry Jenkins. Sua boca estava imóvel, nada reveladora, mas seus olhos estavam tristes. Ela nunca tinha reparado nisso antes. — Talvez o senhor não esteja mais magoado, talvez tenha passado desse estágio e agora só esteja solitário.

O Sr. Nobley sorriu, mas com apenas metade da boca.

— A senhorita é muito boa em implicar comigo, Srta. Erstwhile. Como falei, não importa o que sinto. Estamos falando da Srta. Heartwright e do capitão East. Acho sem sentido o fato de eles não terem se falado nos últimos dias. Eles deviam falar o que pensam.

— O senhor aprova que se fale o que pensa? Então me aprova?

Ao que parecia, o Sr. Nobley não tinha intenção de responder à pergunta, e Jane não conseguiu reiniciar a conversa. Eles cavalgaram em silêncio.

É claro que, bem naquele momento, ela *tinha* que ver Martin ao lado de umas árvores, olhando para ela. Por que ela não podia estar conversando e rindo e se divertindo? Ela sorriu com generosidade para o mundo à sua volta e torceu para Martin pensar que ela estava encantada com a companhia do Sr. Nobley e perfeitamente feliz.

O Sr. Nobley se virou para fazer uma pergunta para ela, mas quando a viu sorrindo sem causa aparente, as palavras não lhe saíram da boca. Seus olhos se arregalaram.

— O quê? A senhorita está rindo de mim de novo. O que fiz agora?

Jane gargalhou.

147

— Sinto muito, mas não consigo evitar quando estou perto do senhor. O senhor é tão provocável. — O que era precisamente mentira, mas dizer aquilo de alguma forma tornou verdade.

O Sr. Nobley olhou por cima do ombro quando a fileira de árvores escondeu Martin. Jane não sabia se ele o tinha visto.

— Sinto muito por irritá-lo tanto — disse Jane. — Vou parar. De verdade.

— Hum — disse o Sr. Nobley, como se duvidasse. Ele olhou para as mãos de forma pensativa e não voltou a falar por vários minutos. No silêncio, Jane percebeu seu coração batendo. Por quê? Quando ele falou de novo, seu tom tinha mudado, estava inócuo, trivial. — O que a senhorita acha de Pembrook Park, Srta. Erstwhile?

— O senhor está falando da casa? Bem, ela é linda, sem dúvida, agradável, mas grande demais para ser aconchegante. É como usar espartilho: sei como é a aparência e a sensação, mas não consigo relaxar dentro dele. — Ela balançou a cabeça. Como podia escorregar tanto? Estava dizendo coisas para este homem que as Regras diziam que ela não podia. Ela tentou pensar em alguma coisa mais inocente para dizer. — Adoro os quadros. Os que estão pendurados no grande corredor são todos um belo estilo de retratos, luminosos com luz natural. O artista não está preocupado apenas com a beleza externa, mas se esforça para expressar a virtude da alma das pessoas e captar o brilho de importância nos olhos delas. Não ligo para o quão corpulentas ou magras demais são, o quão doentias ou tristes, todas as pessoas nesses quadros sabem que são importantes. É de se invejar esse tipo de segurança.

Jane parou e percebeu que tinha se deixado levar pelo assunto e que a plateia não devia estar nada interessada. Um olhar lateral para o Sr. Nobley; ele a estava observando com atenção.

— Você é pintora.

Jane piscou.

— Eu pintava, mas há muitos anos. Agora eu... — Ela fez uma pausa, sem saber como traduzir "design gráfico" no vocabulário de Austen. — Faz tempo que não uso esse veículo.

— Sente falta?

— Sabe, ultimamente sinto. Talvez seja por minha cabeça estar muito confusa — ela assentiu, para indicar o estranho surto dias antes —, mas todas as coisas novas que estou vendo estão me incomodando, se tornando imagens, e minhas mãos tremem, querendo expressar essas imagens em papel. Acho que desenhar e pintar eram uma forma de pensar para mim. Até eu vir para cá, quase tinha esquecido.

— Aqui estou eu!

O capitão East estava seguindo com sua montaria na direção deles. Ele cavalgava lindamente, confiante. A família de Molly passava os verões no campo, e ela costumava dizer que a forma como um homem cavalga pode dar uma boa ideia de como ele faria outra coisa. Jane olhou para o Sr. Nobley sobre seu cavalo, reparou que ele era um cavaleiro delicado e gentil. A surpresa de pensar isso enquanto usava chapéu fez Jane engasgar. Sua respiração entalou na garganta, e ela riu.

Os olhos do Sr. Nobley se arregalaram.

— O que é engraçado? Você sempre tem uma risada secreta, Srta. Erstwhile.

— Assim como você tem desagrados secretos?

— Não, não desagrados — disse ele, e ela se deu conta de que ele estava certo. Tristeza, mágoa ou dor de não haver nada para lhe dar esperanças, talvez. Ela tinha quase certeza agora de que ele era Henry Jenkins, coitado.

O capitão East emparelhou com Jane.

— A Srta. Heartwright ficou com dor de cabeça e entrou. Lamento negligenciá-la, Srta. Erstwhile. A senhorita precisa me contar o que perdi.

— Descobri que a Srta. Erstwhile é artista — disse o Sr. Nobley.

— Ah, é?

— Há anos não pego no pincel. — Ela olhou para o Sr. Nobley com raiva e pronto, ali estava o sorriso dele de novo, breve, urgente. Quando seus lábios relaxaram, ela quis que o sorriso voltasse.

— Que pena — disse o capitão East.

Naquela noite, quando Jane se recolheu da sala de estar, ela encontrou um pacote grande em sua mesa de cabeceira, embrulhado em papel pardo. Rasgou a embalagem e de dentro caíram tubos de tintas a óleo e três pincéis. Ela viu agora que havia um cavalete ao lado da janela com duas pequenas telas. Sentiu-se muito Jane Eyre ao captar o cheiro das tintas e passou o pincel maior na palma da mão.

Quem era seu benfeitor? Poderia ser o capitão East. Talvez ele ainda gostasse mais dela depois da conversa com a Srta. Heartwright. Era possível. Mesmo assim, ela se viu torcendo para que fosse o Sr. Nobley. Os instintos a mandaram sufocar a esperança. Ela os ignorou. Estava com firmeza na Austenlândia agora, ela lembrou a si mesma, onde ter esperanças era permitido.

Será que a própria Austen se sentia assim? Será que sentia esperanças? Jane se perguntou se a escritora solteira havia morado na Austenlândia e se tinha a sensibilidade parecida à de Jane: satisfeita, horrorizada, mas em verdadeiro perigo de se deixar levar.

Faltavam dez dias.

Namorado nº 10

Peter Sosa, 29 ANOS

Eles se conheceram no elevador. Ele trabalhava em um dos andares mais altos, era executivo de agência de publicidade, jovem para a posição, então, obviamente, um gênio. A inteligência sempre fora atraente para Jane, isso e as mãos, o maxilar e o traseiro dele. E os olhos. Além disso, a integridade de caráter; ela não era superficial. Peter se apaixonou por ela imediatamente, disse ele, porque ela era deslumbrante. Foi essa a palavra que ele usou, deslumbrante. É uma palavra difícil de esquecer. Ela desejava ser essa palavra para alguém.

Eles saíram todas as noites de sexta durante cinco semanas, e ela sentiu seu coração em queda livre. O namorado nº 9 ainda doía, uma ferida que não cicatrizava porque ela ficava cutucando, mas Peter não seria uma ótima maneira de se recuperar daquela catástrofe? Ela fantasiava com o dia em que encontraria casualmente o terrível ex-namorado com Peter do lado. E então...

— O que foi? Você é casado, não é?

— Não, não, nada do tipo. — Ele fez uma pausa, deixando Jane imaginar. — Tenho namorada. Sinto muito. Não estou traindo, ela está bem ali, na mesa ao lado da janela. Ela fez uma aposta comigo que eu não conseguiria fazer a primeira

*garota que eu convidasse para sair se apaixonar por mim.
Foi um filme que ela viu, achou que seria romântico, mas aí
foi longe demais...*

*O linguajar de Jane faria Britney, a estivadora, corar até
as botas.*

Dias 12-13

NA MANHÃ SEGUINTE, A CHUVA embaçou os contornos do mundo, transformando as coisas em formas, como as pontes, os nus e as árvores enrolados em tecido do artista Christo. Jane estava pintando desde o amanhecer. Amarelo, vermelho, laranja, azul. As cores a deixavam com fome, mas ela estava apaixonada demais pela tinta na tela para se vestir para o café da manhã. Quando Matilda chegou, Jane a mandou embora.

Ela tinha esquecido a emoção que sentia quando comprava um novo pincel, quando espremia todas aquelas cores na paleta, quando sentia o odor limpo e natural dos óleos, quando via o arrojado desconhecido da primeira mancha em uma tela branca. Nos últimos anos, ela se acomodou ao mouse e à tela do computador, a criar arte corporativa, preguiçosa e chata. E agora, ao misturar verde e cinza e quebrá-los com laranja, ela percebeu que amara os últimos namorados como uma designer gráfica amaria. Mas ela queria amar alguém da forma como se sentia quando pintava: sem medo, confusa, cheia de vida.

Em homenagem à Srta. Eyre, Jane fez um autorretrato. Quando captou o tom certo de uma bochecha, seu coração pulou nas costelas como se ela estivesse apaixonada. Ela queria a autoconfiança nos olhos que aqueles velhos retratos no corredor tinham, um brilho de sabedoria que insistia que ela valia a pena ser admirada. Era difícil conseguir isso. Ela queria pedir a opinião de outra pessoa sobre a pintura, mas não à traidora Matilda. Tia Saffronia? Não, ela queria demais agradar. Martin? Ah, pare. Sr. Nobley? Sim, mas por que ele?

Ela desceu atrasada para o almoço e uma criada serviu carnes frias e legumes bem-cozidos. A casa ecoava como se estivesse vazia havia tempo. Ela pensou em voltar para o cavalete, mas sentiu-se perturbada pela expressão que deixou na pintura; ela temia ser segurança forçada, como os olhos de uma atriz. Decidiu dar um descanso para os dois pares de olhos.

Sentou-se na biblioteca olhando para a água escorrendo pela janela, com o livro *Jornada Sentimental pela França e Itália* aberto à frente. O que os jardineiros fazem na chuva?, perguntou-se ela.

O Sr. Nobley entrou na sala antes de perceber que ela estava lá. Ele gemeu.

— E aqui está a Srta. Erstwhile. A senhorita é irritante e incômoda, mas ainda me vejo procurando-a. Eu ficaria grato se a senhorita me mandasse embora e me fizesse jurar não voltar nunca.

— O senhor não devia ter me dito que é isso que quer, Sr. Nobley, porque agora não vai ter.

— Então tenho que ficar?

— A não ser que queira correr o risco de eu acusá-lo de comportamento nada cavalheiresco durante o jantar, sim, acho que o senhor deve ficar. Se eu passar tempo demais sozinha hoje, estou em perigo real de fazer uma imitação convincente da louca do sótão.

Ele ergueu uma sobrancelha.

— E como isso seria diferente de...

— Sente-se, Sr. Nobley — disse ela.

Ele se sentou em uma cadeira do outro lado de uma pequena mesa. A cadeira rangeu quando ele se posicionou. Ela não olhou para ele e preferiu observar a chuva na janela e as sombras prateadas que a luz molhada provocava na sala. Ela passou vários momentos em silêncio antes de se dar conta de que devia ser constrangedor, de que conversar em um momento assim era obrigatório. Agora ela conseguia sentir o olhar dele em seu rosto e desejou quebrar o silêncio como quem abre um livro, mas não tinha mais nada a dizer. Havia perdido todos os pensamentos na tinta e na chuva.

— Você está lendo Sterne — disse ele enfim. — Posso?

Ele apontou para o livro, e ela o entregou para ele. Jane estava se lembrando de uma cena de *Mansfield Park* em que o pretendente Henry Crawford lia para a personagem de Frances O'Connor tão docemente que o som criou uma tensão apaixonada, as palavras por si só se tornando o galanteio dele. Jane olhou para o rosto sombrio do Sr. Nobley e depois para o outro lado, quando os olhos saíram da página e se dirigiram a ela.

Ele começou a ler do início. A voz dele era suave, melodiosa, forte, um homem que poderia falar em uma multidão e fazer com que as pessoas ouvissem, mas também um homem que poderia persuadir uma criança a dormir com uma história de ninar.

— O homem que levou pela primeira vez a uva da Borgonha para o Cabo da Boa Esperança (observe que ele era holandês) nunca sonhou em beber o mesmo vinho no Cabo, a mesma uva produzida nas montanhas francesas, pois era apático demais para isso; mas sem dúvida esperava beber alguma espécie de bebida vinosa. Se seria boa, ruim ou indiferente, ele conhecia o bastante deste mundo para saber que não dependia da escolha dele...

O Sr. Nobley estava se esforçando para não sorrir. Seus lábios estavam tensos; sua voz falhou algumas vezes. Jane riu dele, e então ele sorriu. Ela sentiu uma pontada de prazer, como se alguém tivesse dado um peteleco em seu coração.

— Não muito, hum... — disse ele.

— Interessante?

— Imagino que não.

— Mas o senhor leu bem — disse ela.

Ele ergueu as sobrancelhas.

— Li? Bem, isso é interessante.

Eles ficaram em silêncio por alguns momentos, dando risadinhas esporadicamente.

O Sr. Nobley começou a ler de novo, subitamente.

— *Mynheer* poderia obter as duas coisas em seu novo vinhedo...

Mas ele precisou parar para rir de novo. Tia Saffronia passou pela porta e olhou para o aposento turvo no caminho, e sua presença fez Jane lembrar que esse encontro talvez fosse proibido pelas Regras. O Sr. Nobley se recompôs.

— Com licença — disse ele, levantando-se. — Incomodei-a demais.

ELE A INCOMODOU DE NOVO na tarde seguinte, e Jane percebeu que não se importava em nada. Que virada surpreendente. A chuva havia parado, o céu estava acanhado por trás das nuvens e, por sugestão do Sr. Nobley, o grupo foi caminhar nas passagens do jardim, evitando os gramados molhados.

Houve uma confusão de pares, com Andrews e Charming à frente, para depois a dupla Nobley e Heartwright virar Erstwhile e Heartwright, que se tornou Erstwhile e Nobley, e ali o jogo dos parceiros musicais terminou. Jane olhou por cima do ombro e se perguntou quais emoções de dor e esperança poderiam estar despertando em Amelia enquanto ela caminhava com seu amor erroneamente rejeitado. Que divertido.

— Se ficar chovendo o tempo todo — dizia a Srta. Charming —, vou ficar louca. Não podemos fazer algo mais, além de jogar cartas e caminhar?

Ela apertou os olhos para o coronel Andrews para verificar se ele aprovava a sugestão dela.

— Isso mesmo — disse ele, e a Srta. Charming sorriu.
— Eu trouxe a coisa certa de Londres, um roteiro de uma peça desconhecida chamada *Lar perto do mar*. Há seis personagens, três casais de amantes, a quantidade certa para nós, e vai nos proporcionar uma coisa para passar o tempo antes do baile, então vamos ensaiar e apresentar para Lady Templeton.

— Ah, sim — disse a Srta. Charming, unindo as mãos no peito —, um tanto interessante!

— Aposto que a Srta. Erstwhile também gostaria, certo? A Srta. Heartwright jamais me desapontaria, eu sei, e East é um homem ativo, está sempre pronto para uma aventura. O que *você* me diz, Nobley?

O Sr. Nobley não respondeu imediatamente.

— Acho impróprio montar uma peça na casa de uma dama respeitável.

A Srta. Charming choramingou.

— Ah, pare com isso, Nobley — disse o coronel.

— Não vou ceder — disse ele.

Jane soprou ar pelos lábios como um cavalo. Ela havia gostado da ideia.

— Que estraga-prazeres, Sr. Nobley — disse a Srta. Charming.

— Pena que Sir Templeton não está aqui para fazer o papel do terceiro homem. Será que ele volta logo?

— Acho que não — disse o Sr. Nobley friamente.

— Que pena. Ei, Jane, e aquele cara, quero dizer, sujeito que vi conversando com você uma vez no jardim? Você acha que ele faria o papel?

Jane sentiu os dedos dos pés congelarem.

— Não sei de quem você está falando, Srta. Charming.

— Claro que sabe, aquele sujeito alto do jardim, um dos criados, talvez. Achei que ele estava bem bonito de pé ao seu lado. Ele seria um parceiro melhor para você do que o Sr. Nobley.

— T-talvez fosse um dos jardineiros? Não sei. — Jane espiou o rosto do Sr. Nobley. Ele estava olhando para a frente, com as sombras debaixo dos olhos fazendo-o parecer alguém que dormiu pouco.

— Não importa — disse a Srta. Charming, já entediada com a ideia.

Os caminhantes experimentaram vários outros tópicos, mas o Tempo não tinha caimento bom, o Desaparecimento do Sr. Templeton era curto demais e O Que Haveria Para Jantar apertava um pouco a cintura. E, então, o coronel Andrews acertou na mosca: o baile de Pembrook Park, que se aproximava rapidamente. Eles falaram sobre os músicos que estariam lá, os convidados chegando de outras propriedades, a comida e a oportunidade de romance. A Srta. Heartwright até deixou de lado a melancolia para falar sobre vestidos.

O coração de Jane batia com impaciência. Um baile; coisas acontecem em um baile. Jane poderia acontecer. Ela se sentiu fantasiosa de uma maneira incorrigível e maravilhosa. O sol em seu rosto, a fita do chapéu embaixo do queixo, uma echarpe ao redor dos braços e um homem de chapéu e costeleta ao seu lado, tudo levava à perfeita suspensão da descrença.

Ela estava tão orgulhosa de si mesma! Estava realmente mergulhando naquele mundo. Ao olhar para o Sr. Nobley, perguntou-se como isso tudo terminaria. Parecia realmente que East e Heartwright poderiam se beijar e fazer as pazes, deixando Jane para Nobley. Ou talvez para ninguém. A mestra das marionetes Sra. Wattlesbrook não se daria muito trabalho para garantir um compromisso. E sem a chefe insistindo será que o Sr. Nobley se daria ao trabalho de cortejá-la? Não parecia provável.

Pouco à frente, o caminho estava tomado por uma poça que não podia ser ultrapassada. Os homens andaram por ela sem temer. O coronel Andrews segurou a mão da Srta. Charming e a ajudou a passar por cima. O Sr. Nobley colocou a mão na cintura de Jane e a levantou. Quando ele a colocou no chão, seus corpos estavam bem mais próximos do que o aceitável no começo do século XIX. Eles ficaram parados sem respirar, com os rostos próximos. Ele tinha cheiro bom o bastante para se beijar. Os pensamentos dela dispararam: eu o odeio e ele me odeia. É perfeito! Não é? É claro que ele não é real. Espere, devo estar me apaixonando por uma pessoa ou evitando? Como era mesmo, tia Carolyn?

Ele foi o primeiro a recuar. Ela se virou, e ali estava Martin. Ela havia esquecido Martin. De maneira intermitente, ela percebia agora, ela vinha esquecendo o mundo real para se permitir mergulhar nessa fantasia.

Ele estava de joelhos entre algumas roseiras. Seu rosto estava coberto pelo chapéu, mas ela conseguia sentir seus olhos nela. Quando o grupo voltou a andar, Martin se levantou e tirou o chapéu, como se os caminhantes fizessem parte de uma procissão funeral. Nenhum dos outros pareceu perceber a presença dele, e desapareceram nas árvores que se inclinavam sobre o caminho.

Martin deu um passo à frente.

— Jane, podemos conversar?

Ela se deu conta de que ainda estava ali, olhando para ele, como se implorando para ser rejeitada de novo. Ela começou a se afastar.

— Martin, não, não posso. Estão esperando por mim, vão acabar vendo.

— Então me encontre mais tarde.

— Não, cansei de brincadeira. — Ela o deixou, com aquela fala estranha zumbindo em sua cabeça como um inseto irritante. E Jane pensou: Cansei de brincadeira, diz ela, como se não estivesse usando chapéu e calçolas.

E, então, Jane viu que o Sr. Nobley havia parado para esperar por ela. Os olhos dele estavam zangados, mas não estavam direcionados a ela. Ela olhou para trás. Martin havia baixado o chapéu e colocado a mão na terra revirada.

Seu coração oscilava precariamente, e ela quase esticou os braços para se equilibrar. Ela não gostava de vê-los juntos, Martin, o homem sedutor que a fizera gargalhar e a manteve com os pés no chão, e o Sr. Nobley, que tinha começado a fazer o mundo falso parecer tão confortável quanto sua própria cama. Ela ficou na curva do caminho, com os pés hesitando quanto a que direção seguir.

E, então, a luz ficou perfeita.

Depois da cirurgia de vista de Jane, a percepção dela de luz tinha mudado. Em claridade muito intensa, ela via pontos queimados na retina como criaturas de uma célula vistas por um microscópio; em contrastes altos de luz e escuridão, as duas coisas viravam um borrão misturado, com o brilho de faróis de carro sangrando para se misturar à noite. Mas havia uma certa espécie de luz que deixava o mundo todo 20/20: o fim de tarde, quando o sol está em declive, penetrando o mundo em vez de por cima dele. Neste momento, tudo estava distinto. Acima dela, todas as folhas soando como sinos eram únicas, com rachaduras e curvas, veias e pontas ásperas. Abaixo, cada lâmina de grama se erguia com sua própria sombra, afiada, quente e verde.

E ela viu o Sr. Nobley claramente. As rugas finas começando nos cantos dos olhos, os pelos no queixo já escurecendo depois do barbear matinal, a sugestão de linhas ao redor da boca que indicavam que talvez ele sorrisse mais na vida real. Ele tinha o tipo de rosto que você queria beijar: lábios, testa, bochechas, pálpebras, todas as partes, menos o queixo. O queixo dava vontade de morder.

Jane pensou: eu não o chutaria da cama por comer biscoitos.

A Srta. Erstwhile pensou: Meu Deus, que partido. A sociedade enlouqueceria!

— Acho que a senhorita deveria ficar longe dele, Srta. Erstwhile. — O Sr. Nobley virou as costas para Martin e pegou o braço dela, voltando para o caminho.

— Não sei por que você se importa, senhor — disse ela, fazendo o melhor que podia para falar no estilo Austen —, mas sem dúvida o farei se o senhor me fizer um favor. Atuar na peça.

— Srta. Erstwhile...

— Ah, vamos! Vai me agradar infinitamente ver o senhor tão desconfortável. O senhor não está com medo, está? O senhor parece tão dedicado a se portar de forma adequada o tempo todo, mas não pode haver nada de errado em encenar uma peça. Afinal, estamos no século XIX. Talvez seus protestos derivem de seu medo de fazer papel de tolo, não?

— A senhorita me acusa de vaidade. Pode ser que a empreitada apenas não me pareça divertida. Mas em parte a senhorita está certa. Não sou bom ator.

— Não? — Ela olhou para ele expressivamente.

Ele fez uma careta e se recuperou.

— Contudo, minhas verdadeiras preocupações são em respeito aos sentimentos delicados de nossa boa anfitriã.

— E, se propusermos a ideia e ela aprovar, o senhor participará?

— Sim, acredito que sim. — Ele apertou os lábios, se por irritação ou para segurar um sorriso, ela não sabia. — A senhorita é irritantemente insistente, Srta. Erstwhile.

— E o senhor é irritantemente teimoso. Juntos podemos ser Impertinência e Inflexibilidade.

— Essa foi inteligente.

— Foi? Obrigada, acabou de me ocorrer.

— Sem planejamento?

— Nadinha.

— Hum, impressionante.

Jane o cutucou com o cotovelo.

Quando eles alcançaram o restante do grupo, a Srta. Charming estava envolvida com uma discussão com o coronel Andrews sobre "a nojeira relativa do chá", e o capitão East e Amelia estavam andando em silêncio ou sussurrando os segredos de seus corações.

— Vamos fazer a peça — anunciou Jane para os outros. — O Sr. Nobley está nas minhas mãos.

Namorado n° 11

Clark Barnyard, 23 ANOS

Ainda sem ter esquecido o namorado n° 9 e humilhada pelo n° 10, Jane declarou que deixaria de bancar a vítima e se tornaria uma predadora ardilosa — brutal, independente, solitária! Só que havia um cara no trabalho, Clark. Ele a fazia rir durante as reuniões da empresa, dividia batatas fritas com ela no almoço, dizendo que ela precisava engordar. Ele cuidava do layout da revista, e ela ia para a baia dele, se sentava na beirada da mesa e conversava por mais tempo do que o gerente achava tolerável. Ele era alguns anos mais novo que ela, então de certa forma parecia inocente. Quando ele finalmente a chamou para sair, apesar da sensação grudenta de mau agouro, ela não o rejeitou.

Ele cozinhou para ela na casa dele e foi divertido e adorável, cheirava o pescoço dela e fazia barulhos de cachorrinho. Eles começaram a se beijar no sofá e, cerca de 60 segundos depois, a mão dele começou a caçar o fecho do sutiã dela. Na frente. Não foi um ato digno de Sr. Darcy.

— Ei, calma, caubói — disse ela, mas ele estava "no ritmo" e ela teve que repetir três ou quatro vezes antes de ele finalmente tirar os dedos dos seios dela e ficar de pé, esfregando os olhos.

— Qual é o problema, gata? — perguntou ele, com a voz falhando na última palavra.

Ela disse que ele estava indo rápido demais, e ele perguntou para que diabos eles passaram os últimos seis meses se preparando.

Jane avaliou a situação de acordo com sua satisfação: "Você não é cavalheiro."

Clark resumiu a dele de uma maneira especial: "Hasta la vista, baby."

Dias 14-18

É CLARO QUE TIA SAFFRONIA não se importou, e os ensaios começaram. Era um romance sentimental com o qual nem Jane em seu atual estado de amabilidade/mente aberta conseguia se sensibilizar. Porém tornou os dias mais divertidos. Ela pintava durante as manhãs e sentia o instinto artístico começar a despertar de novo dentro dela. Durante as tardes, ensaiava com o Sr. Nobley na biblioteca, caminhando debaixo de macieiras (ela não viu Martin) ou na sala de estar do norte com os outros, enrolados em tecidos que deveriam sugerir o uso de togas romanas.

E o Sr. Nobley a observava. Ele sempre a observava, é claro. Era parte do *personagem* dele. Mas será que era imaginação dela o fato de ele observá-la mais agora? E que em seus olhares de lado e meios-sorrisos brilhava um toque de desvio de personagem, uma pausa, uma amostra do próprio homem?

Os pensamentos de Jane: Ah, pare.

Os outros pensamentos de Jane: Mas, por outro lado, atores de cinema também se apaixonam por seus colegas de filmagem. Vemos isso o tempo todo. É tão excêntrico pensar que poderia acontecer comigo?

Jane respondeu aos outros pensamentos de Jane: Sim, é. Mantenha o foco. Divirta-se.

E, por milagre, ela se divertiu! Jane brincou e riu, sorrindo timidamente por cima do ombro. A pintura matinal a enchia de uma energia renovadora que a fazia se sentir bonita, e, durante as tardes e as noites com o Sr. Nobley, ela se sentia relaxada. No passado, Jane estaria tão abalada por dúvidas que perderia a capacidade de apreciar os olhos dele nos dela. Mas, agora, ela retribuía diretamente o olhar. Não havia ansiedade, nem "e se". Apenas flerte.

Certa noite, enquanto ela se aconchegava aos lençóis, rindo sozinha e lembrando todos os momentos deliciosos daquele dia, percebeu que era capaz de arriscar tudo porque não era a Jane de verdade aqui; não a Jane obsessiva e louca. A terra dos contos de fadas era um lugar seguro onde andar, arrumar problemas, entender a situação e sair sem arranhões.

Na noite da peça, Jane e o Sr. Nobley se esconderam atrás da casa para um ensaio final. O humor ultimamente vinha acrescentando um pouco de boemia à Inglaterra regencial, torcendo as regras sociais rigorosas, com os ensaios permitindo que os casais ficassem sozinhos para apreciar a intimidade arrebatadora dos não observados.

O Sr. Nobley se sentou no caminho de cascalho e se apoiou no cotovelo em uma posição relutante.

— Ah, morrer aqui, sozinho e sem amor...

— Isso foi ótimo — disse Jane. — O senhor pareceu *sofrer* de verdade quando falou, mas acho que pode acrescentar um gemido ou mais.

O Sr. Nobley gemeu, mas talvez não como parte da peça.

— Perfeito! — disse Jane.

O Sr. Nobley apoiou a cabeça no joelho e riu.

— Não consigo acreditar que deixei a senhorita me convencer a isto. Sempre evitei participar de peças.

— Ah, o senhor não parece lamentar tanto. Quero dizer, sem dúvida *lamenta*, mas não parece *arrependido...*

— Apenas desempenhe seu papel, por favor, Srta. Erstwhile.

— Ah, sim, é claro. Me perdoe. Não consigo imaginar por que estou demorando tanto, é só que tem alguma coisa tão atraente no senhor aí no chão, aos meus pés...

Ele a derrubou. Deu um salto, segurou-a pela cintura e a puxou para o chão. Ela gritou quando caiu em cima dele.

As mãos dele ficaram rígidas.

— Ops — disse ele.

— O senhor não fez isso.

Ele olhou ao redor à procura de testemunhas.

— A senhorita está certa, eu não fiz isso. Mas, se tivesse feito, eu teria sido conduzido a isso; nenhum júri no mundo me condenaria. É melhor continuarmos a ensaiar, alguém pode aparecer.

— Eu iria, mas o senhor ainda está me segurando. — As mãos dele estavam na cintura dela. Eram lindas, com dedos grossos, grandes. Ela gostava delas ali.

— Estou mesmo — disse ele.

E ele olhou para ela. Inspirou. A testa ficou contraída, como se ele estivesse tentando colocar seus pensamentos em palavras, como se estivesse empenhado em uma linda batalha interior provocada pelo quanto ela era perfeitamente linda. (Essa última parte era puramente especulação romântica de Jane e não pode ser interpretada literalmente.) Ainda assim, eles estavam no chão, se tocando, paralisados, olhando um para o outro, e até as árvores haviam prendido a respiração.

— Eu... — Jane começou a dizer, mas o Sr. Nobley balançou a cabeça.

Ele pediu desculpas e a ajudou a se levantar, mas caiu de novo no chão, pois seu personagem estava nos espasmos da morte.

— Vamos retomar?

— Certo, tudo bem — disse ela, sacudindo a saia para tirar as pedrinhas —, estávamos perto do final... Ah, Antonio! — Ela se ajoelhou cuidadosamente ao lado dele para impedir que a saia amassasse e bateu no peito dele. — Você está gravemente ferido. E gemendo de maneira tão impressionante! Deixe-me abraçá-lo para que você possa morrer nos meus braços, porque, tradicionalmente, a morte e o amor não correspondido são uma combinação romântica.

— As falas não são essas — disse ele por entre os dentes, como se uma plateia verdadeira pudesse ouvi-los ensaiando.

— São melhores. Não estamos encenando Shakespeare.

— Certo. Então seu amor revive minha alma, meus ferimentos cicatrizam... et cetera, et cetera, e eu fico de pé e exclamamos nosso amor dramaticamente. Eu amo você mais do que a fazenda ama a chuva, mais do que a noite ama a lua, e assim por diante...

Ele a puxou, e eles ficaram se encarando, as mãos dela nas dele. Mais uma vez com a respiração presa, os olhares unidos. Duas vezes seguidas. Era quase demais! E Jane queria tanto ficar naquele momento com ele que sua barriga doía com o desejo.

— Suas mãos estão frias — disse ele, olhando para os dedos dela.

Ela esperou. Eles não tinham ensaiado essa parte, e a peça mal-escrita não dava instruções, no estilo *Beije a garota, seu idiota.* Ela se inclinou um pouquinho para a frente. Ele esquentou as mãos dela.

— Então... — disse ela.

— Acho que sabemos nossa cena, mais ou menos — disse ele.

Será que ele iria beijá-la? Não, parecia que ninguém se beijava na Inglaterra regencial. Então o que estava acontecendo? E o que significava se apaixonar na Austenlândia, afinal? Jane deu um passo para trás, pois a ansiedade estranha da proximidade dele fez seu coração bater tão forte de repente que doeu.

— Acho que devemos voltar. O abrir das cortinas, ou dos lençóis, é em duas horas.

— Certo. É claro — disse ele, embora parecesse um pouco chateado.

A noite caíra sobre eles, deixando os braços dela gelados como se cobertos de orvalho, assim como o resto do corpo, até os ossos. Apesar de estar usando uma peliça de lã, ela tremeu enquanto eles caminhavam até a casa. Ele deu o paletó para ela.

— Essa peça não tem sido tão ruim quanto o senhor esperava — disse Jane.

— Não tanto. Em nada pior do que ler romances fúteis ou croquet.

— Você faz qualquer entretenimento parecer que está tomando óleo de fígado de bacalhau.

— Talvez eu esteja me cansando deste lugar. — Ele hesitou, como se tivesse falado demais, o que fez Jane se perguntar se o homem real havia pronunciado aquelas palavras. Ele limpou a garganta. — Do campo, é o que quero dizer. Em breve, retornarei a Londres por um tempo, e as reformas na minha propriedade estarão terminadas no verão. Será bom ir para casa, sentir uma coisa permanente. Eu me canso dos convidados que vêm e vão no campo, com o único objetivo de encontrar algum tipo de diversão, com sentimentos superficiais. Isso tudo acaba cansando. — Ele a encarou. — Eu talvez não volte a Pembrook Park. Você voltará?

— Não, tenho certeza de que não.

Outro fim. O peito de Jane se apertou, e ela se surpreendeu ao identificar o sentimento como pânico. Já era a noite da peça. O baile seria em dois dias. Sua partida aconteceria em três. Não tão rápido! Era óbvio que ela estava nadando em águas bem mais profundas na Austenlândia do que havia previsto. E estava adorando. Estava se acostumando a usar sapatos de época e cintura império, sentia-se nua ao ar livre sem chapéu. Durante as noites na sala de estar, sua boca explorava com naturalidade os tipos de palavras que Austen poderia ter escrito. E, quando esse homem entrava no aposento, ela se divertia mais do que nos quatro anos de faculdade juntos. A sensação era... perfeita.

— Isso é ridículo — disse ela, mas mudou de ideia. Na última vez em que confessou seus sentimentos verdadeiros para esse homem, as coisas não foram bem. — Nossas falas, nesta peça. É o que quero dizer. Mas espero que você prefira aproveitar um pouco.

— É claro. Seria descortês dizer que não vou apreciar fazer amor com você esta noite.

A boca de Jane ficou seca.

— O q-quê?

— Esta noite, enquanto estivermos atuando na peça — disse ele, completamente composto. — Meu personagem declara amor à sua personagem, e dizer que uma tarefa dessas é tediosa seria um insulto a você.

— Ah — disse ela com uma risadinha. — Muito bem, então. — Ela havia esquecido por um momento que "fazer amor" não queria dizer para Austen o que significava hoje. É claro que o Sr. Nobley, o ator do século XXI, sabia disso, e ela apertou os olhos para ele pra ver se ele estava brincando com ela. Ele parou de andar ao ver alguma coisa ao longe. Ela seguiu o olhar dele.

As silhuetas do capitão East e Amelia eram visíveis à luz das estrelas. Eles estavam de pé em frente a um banco, e ele estava segurando as duas mãos dela.

— Eles estão atuando? — perguntou Jane. — Ensaiando para a peça?

— Eles não parecem estar falando no momento.

Ele estava certo. Os dois estavam completamente ocupados com o ato de olhar nos olhos um do outro. Jane reparou que Amelia pareceu livre do desconforto pela primeira vez desde que o capitão East chegou. Se eles estavam atuando, faziam um excelente trabalho.

— Você acha que é real... — questionou Jane.

— Não é certo olhar.

— Se nós não olharmos, quem vai olhar? É uma pena desperdiçar o momento sem plateia para testemunhar.

Os lábios deles se moveram agora. Ensaiando falas? Ou... O capitão East se inclinou para a frente. Amelia inclinou a cabeça para trás. A mão dela tremeu no peito dele. Os lábios dele se encontraram com os dela, breves, gentis. Ficou claro que não foi o bastante, e ele a abraçou. Ela passou os braços ao redor do pescoço dele, e seus rostos se uniram até ficarem indistintos na escuridão. Parecia bem sério, o tipo de afeição que os dois poderiam reservar para o momento de selar o compromisso.

De repente, não era como ver um filme; a paixão deles parecia real, e observar começou a parecer voyeurismo. Jane se perguntou, será que Amelia, a mulher, realmente amava George East, o homem? O ator? Seria possível? O que aconteceria ao coração dela quando ela fosse embora de Pembrook Park?

— Estou de acordo sobre a parte de não olhar — disse ela.

Jane e o Sr. Nobley andaram de volta até a casa em silêncio, com o ar denso ao redor deles, se arrastando de constrangimento. Testemunhar confissões de amor e primeiros beijos pode ser encantador quando você está com alguém com quem se sente à vontade, alguém em quem já deu aquele beijo e com quem pode rir e se sentir confortável e lembrar-se de seus primeiros momentos. Ver com o Sr. Nobley foi como sonhar que estava nua em público.

— É natural misturar verdade e fantasia enquanto eles fazem os papéis da peça — disse Jane. — Eles começam a se sentir como os personagens se sentiriam.

— Verdade. E é um dos motivos pelo qual eu estava hesitante em me envolver nessa frivolidade. Não acho que fingir uma coisa possa torná-la real.

— Acho um tanto alarmante concordarmos em alguma coisa. Mas o senhor acha, ao menos no caso deles, o senhor acha que esses sentimentos podem ser mais profundos?

O Sr. Nobley parou. Ele olhou para ela.

— Eu me perguntei a mesma coisa.

— Acho que é possível.

— É mais do que possível. Eles habitam posições compatíveis na vida, têm mentes semelhantes, seus sentimentos parecem adequados um ao outro.

— O senhor parece um livro-texto sobre matrimônios. Estou falando de amor, Sr. Nobley. Apesar de se apaixonarem em um roteiro, você acha que eles têm chance?

O Sr. Nobley franziu a testa e esfregou as costeletas bruscamente com a parte de trás dos dedos.

— Eu... eu conheci o capitão East no passado, quando ele amava outra mulher. As mudanças, a crueldade dela o quebraram. Ele virou uma carcaça por um tempo. Se você me perguntasse no mês passado se as atenções de outra mulher poderiam torná-lo um homem inteiro de novo, eu diria que nenhum homem é capaz de se recuperar de uma mágoa dessas, e que ele jamais seria capaz de voltar a confiar em uma mulher, que o amor romântico não é ar nem água, e é possível viver sem ele. Mas agora... — Ele expirou. Não afastou o olhar dela. — Agora, não sei. Agora, estou quase começando a pensar que sim. Sim.

— Sim — repetiu ela. A lua pairava no céu bem acima do ombro dele, olhando como se estivesse ouvindo, sem fôlego para o que viria depois.

— Srta. Erstwhile.

— Sim?

Ele olhou para o céu, respirou fundo várias vezes, como se tentando encontrar as palavras certas, e fechou os olhos brevemente.

— Srta. Erstwhile, você...

O capitão East e a Srta. Heartwright passaram por eles, caminhando próximos um do outro, mas sem se tocarem. O Sr. Nobley os observou, franzindo mais a testa, depois olhou por cima do ombro para o nada.

O quê? O quê?! Jane queria gritar.

— Vamos entrar?

Ele lhe ofereceu o braço. Ela sentiu a decepção de quem levou um chute no traseiro, mas tomou o braço dele e fingiu estar bem. Em pouco tempo, a segurança quente do teto e das paredes acabou com a deliciosa estranheza da noite no jardim. Criados se apressavam, velas ardiam e todos estavam animados com os preparativos para a peça, feitos de forma despreocupada, como um momento no parque.

Sem mais palavras, o Sr. Nobley a deixou sozinha, com o paletó ainda nos ombros dela. Tinha cheiro de jardim.

DUAS HORAS DEPOIS, COM A sala de estar transformada, os figurinos prontos, as lamparinas elétricas de querosene brilhando em um semicírculo aos pés deles, os atores encenaram a ode ao amor e ao Mediterrâneo de trinta minutos, *Lar perto do mar*.

A Srta. Charming segurou ferozmente sua cópia do roteiro e jogou beijos estalados para o coronel Andrews. Amelia estava calma e doce, derretendo-se no diálogo com o capitão

East, como se estivesse nos braços dele. Jane se ajoelhou ao lado do Sr. Nobley, o capitão de guerra ferido, enquanto ele quase morria, e fez o melhor para parecer sincera. A velha Jane teria saído correndo ou gargalhado de vergonha o tempo todo. A nova Jane decidiu se sentir tão encantadora quando a Srta. Charming, e executou cada fala com entrega e paixão. Não importava o fato de ela não ser tão boa atriz. O personagem do Sr. Nobley se recuperou milagrosamente mesmo assim, o que levou à parte onde ele ficava de pé e segurava as mãos dela. Ainda estavam frias. Ele fez uma pausa, como se tentando lembrar o que vinha depois.

Ele olhou. Olhou para ela. Para ela e para dentro dela. Dentro dos olhos dela, como se não conseguisse suportar afastar o olhar. E havia uma curva deliciosa no sorriso dele.

— Eu te amo — disse ele.

Uau, pensou Jane.

Era a fala dele, mais ou menos, embora simplificada. Desprovida de metáforas e fazendas e chuva e lua e tudo, a fala a atingiu. Ela abriu a boca para dizer sua fala, mas não conseguiu se lembrar de uma única palavra. E não queria.

Ele se inclinou. Ela se inclinou.

E, então, tia Saffronia, que ria de forma encorajadora durante as partes que eram para ser tristes e batia palmas com alegria sempre que um novo personagem aparecia no palco, agora limpou a garganta como se estivesse imensamente desconfortável. O Sr. Nobley hesitou, depois beijou a bochecha de Jane. Os lábios dele eram quentes, a bochecha arranhava um pouco. Ela sorriu e inspirou a presença dele.

Finalmente, os seis atores ficaram de pé lado a lado, fingindo que a parede amarela da sala de estar tinha vista para o mar Mediterrâneo, e disseram suas falas finais.

Jane (tentando parecer atriz): "Finalmente estamos todos felizes de verdade."

Srta. Charming (pausa. Barulho de papel. Busca frenética pela fala): "De fato."

Amelia (com um sorriso tímido para o homem alto ao seu lado): "Nossas viagens terminaram."

Capitão East (com um sorriso masculino para sua dama): "Podemos descansar tranquilamente nos braços um do outro."

Coronel Andrews (Como sempre, com desenvoltura!): "E independente de para onde possamos ir..."

Sr. Nobley (um sussurro): "Aqui sempre será nosso lar." (Com voz infeliz por causa da fala): "Perto do mar."

E silêncio enquanto a plateia esperava sabe-se lá por o quê... Uma fala final melhor? Uma peça melhor? O coronel Andrews limpou a garganta, e Jane inclinou a cabeça em um cumprimento apressado.

— Ah — disse tia Saffronia e começou a aplaudir.

A plateia aplaudiu com entusiasmo e arritmia, e o elenco se curvou, com a Srta. Charming dando risadinhas.

Jane apertou os olhos para além das lâmpadas a fim de dar uma primeira boa olhada na plateia, agora que a peça tinha terminado e o medo do palco não podia mais afetá-la. Tia Saffronia sorria largamente. A Sra. Wattlesbrook parecia uma diretora de escola orgulhosa. Matilda parecia entediada, assim como alguns outros criados.

E Martin. Ele estava no fundo, e o aposento estava escuro, mas ninguém mais era alto daquele jeito. Ao imaginar o espetáculo aos olhos dele, ela viu o quão ridícula a peça havia sido e como todos em Pembrook Park deveriam parecer ridículos para ele: as falas forçadas, as exclamações falsas de amor. Fingimento. Invenção. Mentiras. Sonhos de estudante.

Jane se inclinou para longe do Sr. Nobley.

— Bem, meus queridos, que show. Muito profissional! — disse tia Saffronia, correndo até o pequeno palco. A Sra. Wattlesbrook vinha logo atrás dela. Uma série de cumprimentos foi dada ao elenco, e Jane sorriu e assentiu e sorriu. Estava ciente de Martin se movendo, ficando de pé atrás da Sra. Wattlesbrook, gesticulando para Jane. Um homem tão alto era difícil de ignorar. Ela o ignorou.

— Hum, Srta. Erstwhile? — disse ele baixinho. Ele era tímido. Estava constrangido. Parecia um pouco desesperado.

Tia Saffronia estava falando das profundas complicações do roteiro. A Sra. Wattlesbrook se virou de lado para olhar com raiva para Martin.

— Srta. Erstwhile? — chamou ele de novo, parecendo um pouco mais ousado.

Jane o encarou. Martin piscou, sorriu esperançoso e abriu a boca para falar novamente. O que ele queria com ela? Ela estava tentando, por Carolyn, por si mesma, pelo querido Sr. Darcy, ela estava tentando viver isso, e a presença de Martin tinha o efeito de apontar uma luz para o quanto tudo era superficial, além de lembrá-la de todos os caras que a deixaram de lado. Ela estava se divertindo muito, e a crítica dele estava azedando o ponche. Ela virou o ombro para ele e se dirigiu ao Sr. Nobley.

— Obrigada, senhor. Até o momento, o ponto alto da minha estadia foi fazer amor com o senhor.

O Sr. Nobley fez uma reverência. A conversa morreu completamente. Jane pensou detectar um leve baixar de ombros em Martin.

— Bem, boa noite a todos — disse Jane, escapando sem demora para o quarto...

... onde ficou deitada na cama, olhando para o dossel e desejando que esse encontro não ficasse em sua mente, que ela pudesse limpá-lo da sola do sapato. O que Martin teria dito se ela o tivesse deixado falar? Não, não importa, essas coisas nunca terminam bem.

Espere, havia uma coisa boa encolhida no canto de sua memória... ah, sim, o Sr. Nobley esteve prestes a beijá-la. Ela fechou os olhos e se agarrou a esse momento como faria com os resquícios de um sonho delicioso ao alvorecer.

Namorado nº 12

Tad Harrison, 35 ANOS

Ela havia sucumbido e comprado os DVDs de Orgulho e Preconceito a essa altura (para o lamento financeiro da locadora de vídeo da qual ela era sócia), mas escondeu-os por causa de Tad.

As coisas ficaram sérias. Eles ficaram noivos depois de um ano, adotaram um cachorro juntos, até escolheram os nomes de seus filhos. Mas ele não marcava a data.

— As coisas não parecem bem — disse ele de forma enigmática. — Ainda não. Mas em breve.

Depois de mais um ano e pouco, ela sugeriu que eles dessem um tempo até que as coisas parecessem certas, torcendo para que, com um pouco de distanciamento, ele se sentisse pronto para o compromisso. Ela esperou cinco meses para que ele decidisse. Ele esperou duas semanas para começar a dormir com outras mulheres.

A pior parte? Pior do que desperdiçar dois anos com aquele fracassado, pior do que a humilhação de ser traída? Ele ficou com o cachorro.

Dia 19

NA MANHÃ SEGUINTE, JANE PINTOU ainda de chemise. Estava satisfeita com o autorretrato, exceto pelos olhos, que ainda retribuíam o olhar com incerteza. Como tinha acabado de retomar o uso do pincel, Jane ainda não estava boa o bastante para forçar a tinta a fazer o que não queria.

Ela pretendia descer para o almoço, mas não tinha relógio, e passou várias horas pensando na segunda tela, para depois se decidir pela vista da janela. Ela originalmente pensou que seria adorável e pastoril, mas acabou ficando muito *Além da Imaginação*, o que ela chegou à conclusão de que era ainda melhor. De alguma forma, parecia mais real.

Ela largou o pincel, se alongou e percebeu que estava faminta. Assim, vestiu-se, comeu e saiu para procurar os cavalheiros. Com apenas dois dias pela frente, sua pulsação estalava em seu pescoço, dizendo *Anda logo, anda logo!* Ela estava se sentindo em casa aqui, sem dúvida. Mas o que ainda precisava fazer para se sentir decidida? Como conquistaria o Sr. Darcy?

Não havia ninguém na casa. Enquanto passava pelos aposentos dos criados, Jane parou, com a culpa incomodando-a. Na noite anterior, Martin chamou seu nome duas vezes, e na frente da Sra. Wattlesbrook e tudo. Ela devia ter ao menos dado a ele a oportunidade de falar.

Jane andou casualmente até a casa dos criados e bateu na porta.

Nenhuma resposta. Que alívio.

Ela bateu de novo e se afastou, sem esperar. Enquanto andava para a parte dos fundos da casa, ela ouviu vozes. Por trás da camuflagem de uma roseira, Jane olhou pela lateral da construção e viu o coronel Andrews fumando um cigarro e falando com alguém que Jane não conseguia ver. O coronel estava assentindo e sorrindo, e parecia bem satisfeito. Ele passou o cigarro quase terminado para a outra pessoa, que deu uma tragada e jogou a guimba longe. O coronel Andrews verificou o relógio de bolso e suspirou.

— Bem, hora de voltar ao trabalho. — O sorriso dele sumiu. Deve ter um encontro com a Srta. Charming, pensou Jane.

Ela se afastou da casa dos criados e estava seguindo em direção à porta da frente quando ouviu alguém alcançá-la.

— Ah, Srta. Erstwhile — disse o coronel Andrews. — Eu estava à sua procura, para me acompanhar ao estábulo.

— O senhor estava me procurando? — Ela esperou que ele mudasse a história. Ele não mudou. — Hã, e a Srta. Charming?

— A Srta. Charming está descansando em seus aposentos, mas não consigo ficar parado. Preciso de alguma diversão.

— O senhor tem certeza? Não está mesmo procurando por ela? — Jane se sentiu um pouco tonta.

— Ela me contou sobre seus planos depois do café. A senhorita parece surpresa de eu estar à sua procura. Não me diga que a negligenciei tanto a ponto de causar tamanha perplexidade.

— Cochilar — disse ela. — Sim. Acho que vou seguir o exemplo da Srta. Charming e descansar. Talvez, coronel, o senhor também precise de um descanso.

Ela saiu com um barulho delicado do movimento da saia. *Voltar ao trabalho. Ela era o trabalho. Ela era.* Droga. Tivera a doce esperança de ser um prazer, o descanso das conversas trabalhosas. Não, estar com a Srta. Erstwhile era motivo para suspirar com exaustão.

Será que o Sr. Nobley sentia a mesma coisa? Poderia ser ele o fumante oculto?

No dia seguinte já seria o baile. Ela havia canalizado todas as esperanças para o baile, onde encararia a fantasia do Sr. Darcy e de alguma forma... de alguma forma simplesmente saberia o que fazer? Ela estava perplexa. O baile tinha que ser seu encerramento, seu triunfo. Mas, ao ser lembrada que para esses atores ela era trabalho, era mais difícil manter o foco no baile. Ela não era quem pensava ser. Ninguém era.

Quando ela chegou ao quarto, os olhos de seu autorretrato a encararam, assustados, ainda mais incertos.

— Arte estúpida — disse ela.

Mal, mal, mal. Era o som que os pés dela faziam enquanto ela descia para a sala de estar naquela noite. Mal, mal, enquanto ela andava sozinha no final da fila para a sala de jantar. Era bem frio lá atrás. Ela fungou e esfregou os braços.

— O Sr. e a Sra. Longley virão de Granger Hall, e as duas Srta. Longley mais velhas também — dizia tia Saffronia, com a conversa tão infinitamente cheia de nomes quanto as listas bíblicas de quem gerou quem. — Ah! E o Sr. Bentley. Srta. Heartwright, lembra-se do Sr. Bentley? Ainda está solteiro e tem 4 mil libras por ano. Cuida muito bem da mãe.

Jane bateu o garfo no prato, empurrando a comida de um lado para o outro. Sua mãe ficaria chocada. Não era frequente Jane ficar verdadeiramente desanimada, e esta noite ela se sentia escravizada por essa palavra. Não devia importar o que achavam dela, ela lembrou a si mesma. Este jogo era dela, e quando vencesse, seria sua vitória. Ela só precisava se manter firme e continuar a jogar. Mas a realidade dos homens ficando entediados com ela, pagos para fingir que gostavam dela, incomodou muito seu senso de diversão esta noite, junto com o medo de não ser capaz de vencer a obsessão antes do período na Austenlândia acabar.

Jane tentou manter o desânimo só para si, apesar de o Sr. Nobley parecer estar bem de olho nela, como sempre. Ela comeu outra garfada de... alguma espécie de ave?... e decidiu usar a desculpa de uma dor de cabeça para se recolher assim que a tortura do jantar terminasse. Ela odiava desperdiçar um único momento dos últimos dias, mas sentia-se revirada por dentro e não conseguia descobrir como se sentir melhor.

Ela retribuiu o olhar do Sr. Nobley. Ele ergueu as sobrancelhas e se inclinou levemente para a frente, perguntando com os gestos: "Você está bem?" Ela deu de ombros. Ele franziu a testa.

Quando as mulheres ficaram de pé para deixar os cavalheiros com vinho do Porto e tabaco, o Sr. Nobley também se levantou e seguiu para o lado de Jane de maneira contumaz.

— Srta. Erstwhile, a senhorita já precisou caminhar sozinha muitas vezes. Posso acompanhá-la à sala de estar?

O coração dela deu um pulo.

— Não é apropriado — sussurrou ela, com medo da Sra. Wattlesbrook. Não queria ser enviada para casa, não antes do baile.

— Que se dane o apropriado — disse ele, baixo o bastante apenas para os ouvidos dela.

Jane conseguia sentir todos os olhares neles. Ela segurou o braço do Sr. Nobley e caminhou a distância insignificante com a altivez de uma noiva. Ele encontrou um lugar para ela no sofá e sentou-se ao seu lado, e, exceto pelo fato de que ela não podia tirar os sapatos e enfiar os pés debaixo do corpo, tudo parecia bem aconchegante.

— Como está indo a pintura? — perguntou ele.

É claro que havia sido ele (as tintas). E é claro que não havia sido ele (o companheiro de cigarro oculto do coronel Andrews). Jane suspirou com alegria.

— Como o senhor faz isso? Como consegue fazer com que eu me sinta tão bem? Não gosto de o fato de o senhor me afetar tanto e o acho bem mais irritante do que antes. Mas o que isso quer dizer é obrigada pelas tintas.

Ele não aceitou o agradecimento e insistiu para que ela lhe desse detalhes, então ela falou sobre a sensação de manipular cores de novo, cores reais, tintas reais, não pixels e RGBs, como a alegria em poder sentir os músculos se alongando depois de uma longa viagem de avião. Falou sobre artistas que admirava, pinturas que fizera quando era jovem e dramática e o quanto elas pareciam intimidadas por emoções falsas agora, como o constrangimento da arte imatura a havia afastado das telas por tempo demais. E o quanto ela se sentia grata, quão sobrecarregada de coisas felizes apenas por ter voltado. Ela não teve medo de estar entediando o Sr. Nobley, como a Velha Jane teria. Não importava, ela lembrou a si mesma. Ele era pago para ouvi-la e fazê-la se sentir a pessoa mais interessante do mundo e, então, por Deus, ela seria.

Os lábios dele formaram um pequeno sorriso que permaneceu em seu rosto. Um sorriso bem pequeno. Às vezes, quase imaginário. Jane desejou que fosse maior, que ele desse um largo sorriso para ela, mas achava que não era do feitio de

Nobley. Quando ela decidiu que o sorriso dele era fruto de sua imaginação, o Sr. Nobley disse, ou melhor, sussurrou:

— Vamos olhar seus quadros.

Que encanto, este homem. Como ele a surpreendeu ao deixar de lado o comportamento apropriado por causa ela, ao murmurar planos para encontros secretos, mentir para os outros que iria se recolher cedo, depois esperar no alto da escada para que ela fizesse o mesmo. Que emoção era olhar ao redor em busca de observadores e entrar em seu quarto e fechar a porta atrás deles.

Jane ficou com as costas na porta, as mãos ainda na fechadura, respirando fundo e tentando rir baixinho. Ele estava recostado na parede, sorrindo. O momento foi constrangedor enquanto ela esperava para ver o que ele tinha em mente, se ele de repente abandonaria o Sr. Nobley para se tornar outro homem completamente diferente. Se violaria alguma outra regra. A espera foi agonizante. Ela se deu conta de que não sabia o que queria que ele fizesse.

— Eu adoraria ver seus quadros — disse ele, com a voz ainda apropriada.

— É claro — disse ela. É claro que ele ainda era o Sr. Nobley, é claro que o homem, o ator, não estava se apaixonando por ela. E era também um alívio, pois ela se deu conta de que ainda não estava pronta para deixar Pembrook Park para trás. De alguma forma, teria que estar em dois dias.

Ela mostrou a primeira pintura, e ele a segurou com braços esticados por um tempo antes de dizer "É você", embora o retrato não fosse realista.

— Não consegui fazer os olhos direito — disse ela.

— Você acertou direitinho. — Ele não afastou o olhar da pintura quando falou. — São lindos.

Jane não sabia se devia agradecer ou limpar a garganta, então não fez nenhuma das duas coisas e entregou a ele a segunda pintura, de sua janela e a árvore.

— Ah! — Foi tudo que ele disse por um tempo. Ele olhou de um quadro para o outro. — Gosto mais do segundo. Ao lado dele, o retrato parece rígido, como se a senhorita tivesse sido cautelosa demais, medindo tudo, retirando a espontaneidade. A audácia desta cena da janela é um estilo melhor para a senhorita. Eu acho, Srta. Erstwhile, que a senhorita se sai muito bem quando relaxa e deixa que as cores voem.

Ele estava certo, e era bom admitir isso. Sua próxima pintura seria melhor.

— Devo deixar que a senhorita descanse. — Ele segurou o autorretrato por mais um minuto, olhando para ele como ela às vezes o sentiu olhar para ela, sem piscar, curioso, até mesmo com urgência.

Ela espiou pela fechadura para ter certeza de que não havia ninguém no corredor antes de abrir a porta e deixar que ele saísse. Depois de um momento, ela olhou de novo e não conseguiu ver nada, e então o rosto do Sr. Nobley apareceu no buraco. Ele estava agachado do lado de fora da porta, olhando para dentro.

— Srta. Erstwhile? — sussurrou ele.

— Sim, Sr. Nobley?

— Amanhã à noite, a senhorita reserva para mim as duas primeiras danças?

— Sim, Sr. Nobley. — Ela conseguiu ouvir a forma como sua própria voz estava cheia de sorrisos.

— Srta. Erstwhile, posso voltar um momento?

Ela o puxou para dentro e fechou a porta. Agora ele iria abraçá-la e beijá-la e chamá-la de Jane, agora ela testemunharia a paixão reprimida que explode atrás das portas regenciais! Mas... ele apenas ficou de pé com as costas para a porta e olhou para ela. E sorriu do jeito dele, o jeito que a fazia olhar e desejar conseguir respirar.

— Não devo colocar a senhorita em perigo com a Sra. Wattlesbrook ficando aqui — disse o Sr. Nobley —, mas de repente precisei vê-la de novo. Sei que parece ridículo, mas olho para a senhorita e tenho certeza de uma coisa. As coisas estão mudando, não estão?

— Estão — disse ela, e estavam, bem naquele momento.

Ele segurou a mão dela e olhou nos olhos dela por um momento, depois a virou. Ele levou a mão de Jane à boca e beijou sua palma.

— Amanhã, então. — E saiu.

Se ele ao menos fosse real! Ela ficou com a palma da mão apertada contra o peito e respirou até voltar a domar sua pulsação, e pensou que iria desmaiar.

Para seu autorretrato, Jane sussurrou:

— É a melhor terapia do mundo.

O cara depois do namorado n° 12

Jake Zeiger, 30 E POUCOS ANOS

Um sábado durante a era Tad, Jane estava verificando as correspondências quando Jake do 302 apareceu ao seu lado. A proximidade das caixas de correio fez com que a parte de trás da mão dele tocasse na dela quando ele inseriu a chave.

— Oi, como vai seu cachorro? — perguntou ele.

— Melhor. O veterinário disse que foi alguma coisa que ele comeu.

— Que alívio, hein? — O sorriso dele foi como um primeiro beijo.

Ela ficou ali depois que ele foi embora, olhando para o buraco da caixa de correio, sentindo arrepios no corpo por ter tido uma epifania estilo Emma ama o Sr. Knightley. Tinha acabado de se dar conta: "Posso estar secretamente atraída por Jake."

Ela nem sussurrou a ideia para as plantas. Na semana seguinte ao momento em que ficou dolorosamente claro que ela e Tad haviam terminado, Jane se lembrou de Jake e se permitiu desejar que a tragédia pudesse ser na verdade uma oportunidade. Ela desceu o corredor até o 302, com esperança a cada passo.

Um Jake com cabelos desgrenhados abriu a porta e apertou os olhos.

— Oi, Jake. Ei, está um dia lindo, e eu estava pensando, reparei que você também tem patins e pensei em perguntar se você gostaria de ir ao parque comigo, talvez depois...

— Você me acordou por isso? Não são nem dez da manhã!

Ele esfregou o rosto e pareceu estar voltando para a cama ao fechar a porta.

Dia 20

O VESTIDO DE BAILE DE Jane era branco nupcial. Com rendas e babados, pequenas conchas presas no corpete e na bainha, decote e mangas cavados. Ela usou luvas longas, o cabelo preso com botões de rosas, um colar de pérolas no pescoço e maquiagem do século XXI. Uma criada que não era Matilda a ajudou a se vestir e a fazer o cabelo, depois recuou e disse: "Minha nossa."

Foi muito gratificante.

Jane observou a festa do alto da escada, torcendo para ouvir música antes de descer. Os cavalheiros, cuja maior parte ela nunca tinha visto antes, estavam com belos trajes em preto e branco. As mulheres giravam e riam, todas de branco, andando pela sala de estar e pelo salão, ajudando umas às outras a prender as caudas dos vestidos para as danças. Isso fez Jane lembrar-se da vez em que usou o banheiro feminino do Mirage em Las Vegas, cada centímetro de espelho lotado de noivas com pressa.

Alguns dos convidados ela reconheceu como os criados e os jardineiros, vestidos para a noite desempenhando o papel da aristocracia local. Outros tinham uma aparência magra de universitários, do tipo que doa plasma e se voluntaria para estudos clínicos bizarros a fim de ganhar uns dólares a mais. Outros pareciam ser atores da comunidade teatral: polidos e seguros, animados demais, com vestidos emanando um aroma de camarim, de naftalina e cravo-da-índia. Mas havia pelo menos três mulheres com o brilho jovial da Srta. Charming, a sinceridade envolvente da Srta. Heartwright ou aquela (será que ela ousava admitir?) esperança perplexa da Srta. Erstwhile. Havia outros Pembrook Parks, então. Propriedades irmãs. Alguns dos convidados eram atores; outros, participantes. Mas quem era real neste lugar, afinal?

O Sr. Nobley estava andando bruscamente de um aposento ao outro, sustentando o olhar, como se tentando evitar contato visual. Ele estava perfeito de paletó preto e gravata branca. Melhor ainda quando a viu e parou. Olhou de verdade. *Uau.* Oi, Nobley.

— Sr. Nobley! — Uma mulher estranha com idade de aposentada acenou alegremente com um lenço e trotou na direção dele. O Sr. Nobley fugiu.

E, então, Martin apareceu, de fraque, *cravat* e tudo, procurando na multidão.

Por mim, pensou ela.

Foi a vez de Martin erguer o olhar e vê-la. A expressão dele estava — opa, ela sabia agora que estava bem bonita. Outras pessoas repararam na expressão dele e se viraram também. Os murmúrios silenciaram e a música soou no outro salão. Ela era Cinderela entrando sozinha. O quê, nada de trompetes?

Martin subiu vários degraus para ajudá-la a descer.

— Estou bem — sussurrou ela.

Ele segurou o braço dela mesmo assim.

— Que vestido lindo, Jane. Quero dizer... Srta. Erstwhile. Posso ter o prazer das duas próximas danças?

Ah, o cheiro dele! Ela estava no quarto dele de novo, com estática na TV, uma lata de cerveja preta tão gelada que chegava a suar, as mãos dele em seu rosto. Ela o queria perto. Queria se sentir tão real quanto naquelas noites. As mangas beliscavam seus ombros, o vestido parecia pesado.

— Não posso, Martin — disse ela. — Já prometi...

— Srta. Erstwhile. — O Sr. Nobley estava ao seu lado. Ele fez uma reverência educada. — A primeira dança está começando, caso a senhorita queira me acompanhar.

Os dois homens trocaram um olhar? De um passado acalorado? Ou será que eles (u-hu!) teriam um desentendimento enciumado pela atenção de Jane?

Não. O Sr. Nobley a levou para longe. Martin ficou para trás, observando-a ir, com certo olhar de cachorrinho sem dono. Ela tentou dizer com os olhos "Me desculpe por ignorá-lo no dia da peça e entendo por que você me julgou por ser o tipo de mulher que se apaixona por essa fantasia e vou voltar e talvez possamos conversar ou só nos beijarmos", mas ela não sabia ao certo o quanto disso conseguiu passar para ele. Talvez só uma parte, como "me desculpe" ou "você me julgou" ou "nos beijarmos".

Jane e o Sr. Nobley entraram no grande salão, com o teto deslumbrante com milhares de velas reais que deixavam em chamas os vestidos e *cravats* brancos. Cinco músicos estavam sentados em um palco: um violoncelo e dois violinos (talvez uma viola?), um cravo e algum tipo de instrumento de sopro. De teclas e cordas eles tiravam um grande prelúdio ao minueto. Jane olhou para tudo, sorrindo pela novidade, como em um parque de diversões. Ela olhou para o Sr. Nobley. Ele estava sorrindo para ela. Finalmente.

— A senhorita está deslumbrante — disse ele, e cada centímetro dele parecia jurar que era verdade.

— Ah — disse ela.

Ele beijou seus dedos enluvados. Ainda estava sorrindo. Havia alguma coisa de diferente nele esta noite, e ela não conseguia descobrir o que era. Uma nova reviravolta no enredo, presumia ela. Estava ansiosa para se envolver em todo o enredo que pudesse em sua última noite, embora uma vez ou outra seus olhos vagassem em busca de Martin.

O Sr. Nobley ficou de pé em frente a ela em uma fila de dez homens. Ela viu Amelia e o capitão East fazerem os movimentos. Eles se olhavam nos olhos, sorriam com o júbilo do novo amor. Tudo muito convincente.

Pobre Amelia, pensou Jane.

Era um pouco cruel, agora que ela estava pensando nisso, todos esses atores que faziam as mulheres se apaixonarem por eles. Amelia parecia tão sensível, e a Srta. Charming com seu peito arfante parecia tão satisfeita com este mundo. Jane viu um coronel Andrews muito elegante que, agora que ela o via dançar, podia muito bem ser gay.

Jane sentiu um prenúncio de mau agouro. Todas as damas estavam tão felizes, de coração aberto e ansiosas para amar. O que aconteceria a elas no refugo de amanhã?

Dois pares de estranhos dançaram. Jane os observou. O Sr. Nobley a observou. E, então, era a vez dela.

Ela fez uma reverência para a plateia, para o Sr. Nobley, e o encarou no meio do salão. Todos os olhares estavam neles. Jane procurou Martin na multidão.

Talvez eu não queira isto de verdade, pensou ela. Isto é um acampamento de verão. É um romance. Não é a realidade. Preciso de alguma coisa verdadeira. Como cerveja preta, guarda-chuvas descartáveis e pés descalços.

— Acredito que devamos dizer alguma coisa.

Foi o Sr. Nobley quem falou.

— Me desculpe — disse ela.

— A senhorita não está bem hoje?

— Pareço não estar bem?

Ele sorriu.

— A senhorita está me provocando. Não vai funcionar hoje, Srta. Erstwhile. Estou completamente à vontade. Posso até dizer que estou bem feliz.

Jane forçou o ar para fora dos pulmões. Parte dela queria muito debochar e brincar, rodopiar e rir, ser a Srta. Erstwhile e se apaixonar pelo Sr. Nobley (se apaixonar de novo?), mas ela se sentia naquela corda bamba, andando com as pontas dos dedos no calcanhar do pé da frente como uma ginasta, e quando caísse desta vez queria estar no lado do mundo real, longe da fantasia cruel, no mundo tangível.

Em seguida, com a mão na cintura dela para guiá-la pelos passos seguintes, o Sr. Nobley sorriu de novo, e Jane esqueceu completamente o que queria.

Ele, ele, ele!, pensou ela. O que eu quero é ele e isto e tudo, cada flor, cada acorde de música. E não quero embrulhado em uma caixa, quero vivo, ao meu redor, real. Por que não posso ter isso? Não estou pronta para desistir.

193

A primeira música terminou e o grupo aplaudiu os músicos. O Sr. Nobley pareceu aplaudir Jane.

— A senhorita está corada — disse ele. — Vou buscar uma bebida.

E sumiu.

Jane sorriu para as costas dele. Ela gostava de um homem de casaca. Alguma coisa bateu no cotovelo dela.

— Desculpe... ah, é você, Jane querida — disse tia Saffronia. Ela também estava observando o Sr. Nobley, e a expressão dela ainda estava perdida na contemplação. — Para onde foi seu parceiro?

— Foi buscar uma bebida para mim — disse Jane. — Nunca o vi tão atencioso. Nem tão à vontade.

— Nem eu, não nos quatro anos que o conheço. Ele está agindo como um verdadeiro cavalheiro apaixonado, não está? Posso quase dizer que parece feliz. — Tia Saffronia estava pensativa e, enquanto olhava, mordeu devagar a unha por cima da luva.

— Ele está apaixonado? — perguntou Jane. Ela estava se sentindo ousada com seu vestido nupcial.

— Humm, uma pergunta que só os corações podem responder. — Ela olhou diretamente para Jane agora e sorriu com aprovação. — Ah, você está um primor hoje! E não é surpreendente.

Tia Saffronia se inclinou para tocar suas bochechas com as dela e beijá-la, e Jane captou um aroma de cigarro. Seria possível que a querida senhora fosse a fumante oculta? Quantos segredos neste local, pensou Jane. Ela nunca tinha pensado que Austen não escrevia só romances e comédias, mas também mistérios.

O Sr. Nobley andou bruscamente até perto dela, ofereceu um copo de ponche e perguntou se ela gostaria de mais alguma coisa enquanto Jane tomava a bebida.

— Está quente demais aqui para a senhorita? Mando abrir as janelas. Ou posso pegar um leque.

— Não, estou bem, senhor.

Ele estava impaciente para que um criado chegasse para levar o copo vazio e olhou com irritação para qualquer pessoa que interrompia o caminho deles de volta à pista de dança.

— O senhor não está gostando do baile? — perguntou ela.

— Garanto que estou tendo um prazer incomum neste baile, mas nada dele provém desses incompetentes.

— Acho que o senhor acabou de me elogiar — disse Jane. — Deveria tomar mais cuidado da próxima vez.

A música havia começado, os casais tinham iniciado um passo, mas o Sr. Nobley fez uma pausa para segurar o braço de Jane e sussurrar:

— Jane Erstwhile, se eu nunca precisasse falar com outro ser humano além da senhorita, eu morreria um homem feliz. Eu gostaria que essas pessoas, a música, a comida e essa tolice toda desaparecessem e nos deixassem a sós. Eu jamais me cansaria de olhar para a senhorita e ouvi-la. — Ele respirou fundo. — Pronto. Esse elogio foi de propósito. Eu juro que jamais voltarei a elogiá-la à toa.

A boca de Jane ficou seca. Tudo que ela conseguiu pensar em dizer foi:

— Mas... mas você não faria *toda* a comida desaparecer.

Ele refletiu e assentiu uma vez.

— Certo. Deixemos a comida. Vamos fazer um piquenique.

E ele a girou para o meio da dança. Enquanto a música tocou, eles não voltaram a falar. Toda a atenção dele estava em Jane, guiando-a pelos passos, observando-a com admiração. Ele dançou com ela como se eles fossem um par equilibrado, sem indicação de que ela era a solitária ou a última da fila. Ela nunca tinha sentido tanto que o Sr. Nobley e a Srta. Erstwhile eram um casal.

Mas não sou a Srta. Erstwhile de verdade, pensou Jane.

Seu coração a estava incomodando. Ela precisava se afastar, estava tonta, sentia calor, os olhos dele enfeitiçavam-na, ele era demais para ela suportar.

O que devo fazer, tia Carolyn?, perguntou ela ao teto. Tudo está se encaminhando para Pior do que Antes. Como saio disso viva?

Ela girou e viu Martin, e manteve os olhos nele como se ele fosse o único marco em um labirinto complicado. O Sr. Nobley reparou no desvio da atenção. Os olhos dele escureceram quando viu Martin. Seu recente sorriso se fechou e sua expressão ficou mais intensa.

Assim que a segunda música terminou, Jane fez uma reverência, agradeceu ao parceiro e começou a se afastar, ansiosa por uma lufada do ar frio de novembro.

— Um momento, Srta. Erstwhile — disse o Sr. Nobley. — Já ocupei sua mão pela última meia hora, mas agora imploraria por seus ouvidos. Podemos...

— Sr. Nobley! — Uma mulher com cachos balançando ao redor do rosto andou agitadamente na direção dele. Será que o Sr. Nobley fora visitar outras propriedades enquanto deveria estar caçando? Ou era uma cliente habitual que talvez o conhecesse de uma temporada anterior? — Estou tão feliz em vê-lo! Insisto em termos todas as danças.

— Agora não é...

Jane tirou vantagem da interrupção para se afastar, procurando Martin acima das cabeças dos convidados. Ele estava bem ali... a mão de alguém agarrou seu braço.

Ela se virou e deparou-se com o Sr. Nobley, os rostos próximos, e levou um susto pela selvageria nele agora, um toque de Heathcliff nos olhos.

— Srta. Erstwhile, eu lhe imploro.

— Ah, Sr. Nobley! — disse outra dama atrás dele.

Ele olhou para trás com expressão irritada e segurou o braço de Jane com mais força. Ele a levou para fora do salão, para a biblioteca escura, e só então soltou o braço dela, embora tenha feito a delicadeza de parecer constrangido.

— Peço desculpas — disse ele.

— Imaginei que sim.

Ele estava bloqueando a saída, então ela se rendeu e se sentou em uma cadeira. Ele começou a andar de um lado para o outro, esfregando o queixo e ocasionalmente ousando olhar para ela. A luz das velas no corredor o transformou em uma silhueta, e a luz das estrelas que entrava pela janela mal lhe tocava os olhos e a boca. Estava tão escuro quanto em um quarto.

— A senhorita vê o quanto estou agitado — disse ele.

Ela esperou, e seu coração disparou sem sua permissão.

Ele ajeitou o cabelo nervosamente com os dedos.

— Não consigo suportar ficar lá fora com a senhorita agora, com todas aquelas pessoas indiferentes observando-a, admirando-a, mas sem se importarem. Não como eu.

Jane (esperançosa): É mesmo?

Jane (prática): Ah, pare com isso.

O Sr. Nobley se sentou ao lado dela e segurou o braço da cadeira.

Jane (observadora): Este homem só quer saber de agarrar braços.

— Eu me lembro bem da noite em que nos conhecemos, quando você questionou minha opinião de que primeiras impressões são perfeitas. Você estava certa em fazer isso, é claro, mas mesmo naquele momento eu desconfiei do que passei a acreditar apaixonadamente nas últimas semanas: desde aquele primeiro momento, eu soube que você era uma mulher perigosa e que estava correndo grande perigo de me apaixonar.

Ela concluiu que deveria falar alguma coisa espirituosa agora. Jane disse:

— É mesmo?

— Sei que parece absurdo. A princípio, a senhorita e eu éramos a última combinação possível. Não consigo determinar o momento em que meus sentimentos se modificaram. Lembro-me de uma pontada de dor na tarde em que jogamos croquet, por vê-la com o capitão East, desejando, como um tolo ciumento, que pudesse ser o homem com quem a senhorita riria. Ao vê-la esta noite... sua aparência... seus olhos... minha sanidade está destruída por sua beleza, e não consigo mais esconder meus sentimentos. Tenho poucas esperanças de que a senhorita sinta o mesmo que eu, mas preciso ter esperanças.

Ele colocou a mão enluvada em cima da dela, como tinha feito no jardim no segundo dia. Parecia ter acontecido anos atrás.

— Apenas a senhorita tem o poder de me salvar deste sofrimento. Desejo nada mais do que chamá-la de Jane e ser o homem sempre ao seu lado. — A voz dele estava seca, estalando de sinceridade. — Por favor, me diga se tenho esperanças.

Depois de alguns momentos de silêncio, ele se levantou da cadeira de novo. A imitação de um homem apaixonado e sofrendo foi muito bem-feita e convincente. Jane estava impressionada. O Sr. Nobley começou a experimentar a amplitude do aposento de novo. Quando seu caminhar chegou ao clímax, ele parou para olhá-la com desespero contido.

— Seu silêncio é como uma faca. A senhorita não pode me dizer, Srta. Erstwhile, se me ama também?

Ah, que momento mais perfeito.

Mas, enquanto seu coração batia disparado, ela teve uma sensação de perda, de areia tão fina que ela não conseguia impedir que escorresse por entre os dedos. O Sr. Nobley *era* perfeito, mas era apenas um jogo. Só isso. Até os beijos sem sentido de Martin eram preferíveis à perfeição falsa. Ela desejava qualquer coisa real; cheiros ruins e homens burros, trens perdidos e trabalhos tediosos. Mas se lembrava de que misturados com as partes feias da realidade havia também os verdadeiros momentos de graça: pêssegos em setembro, risadas sinceras, luz perfeita. Homens de verdade. Ela estava pronta para abraçar isso tudo agora. Estava no controle. As coisas ficariam bem.

Ela olhou para o corredor e pensou em Martin. Ele fora o primeiro homem real em muito tempo que a fizera se sentir bonita de novo, por quem ela se permitiu ficar encantada. E não no estilo de amor patenteado de Jane, um fracasso constante de tudo ou nada, mas apenas o tipo de envolvimento feliz, calmo e alegre. Ela olhou para o Sr. Nobley e novamente para o corredor, sentindo-se como um travesseiro dividido, com o preenchimento escapando.

— Não sei. Eu quero, de verdade... — Ela estava repassando a proposta dele mentalmente; a emoção por trás dela pareceu arrepiante e real, mas as palavras pareceram recitadas, de segunda mão, já gastas. Ele era tão delicioso, pela forma como olhava para ela, a diversão nas conversas deles, o simples arrebatamento do toque da mão dele. Mas... mas ele era um ator. Ela gostaria de prolongar este momento, de vivê-lo com entrega total para deixá-lo para trás. Um desconforto a impediu.

O silêncio se alongou, e ela conseguiu ouvi-lo mexendo os pés. Os tons graves da música vibravam nas paredes, abafados e tristes, sem o vigor e sem as notas agudas.

Surreal, pensou Jane. É essa a palavra.

— Srta. Erstwhile, deixe-me enfatizar minha profunda sinceridade...

— Não há necessidade. — Ela se sentou mais empertigada e passou as mãos sobre a saia. — Entendo completamente. Mas acho que não consigo. Não consigo mais fazer isso. Fiz o meu melhor, e este lugar foi realmente bom para mim, você foi realmente bom para mim. Mas cheguei ao meu fim. E está tudo bem.

Alguma coisa no tom dela deve ter chamado a atenção dele. Ele se ajoelhou ao lado dela e segurou sua mão.

— Você está? A senhorita está bem? — perguntou ele em um tom mais sincero e tocante do que ela jamais tinha ouvido partindo dele.

A mudança a assustou. Apesar da aparência austera, ele tinha uma franqueza na expressão que ela só podia atribuir aos olhos. Escuros, concentrados nela, implorando. Mas era apenas um jogo.

— Não conheço você — disse ela baixinho.

Ele piscou duas vezes. Olhou para baixo.

— Talvez eu tenha falado cedo demais. Perdoe-me. Podemos conversar sobre isso depois. — Ele se levantou para sair.

— Sr. Nobley — disse ela, e ele parou. — Obrigada por pensar com carinho sobre mim. Não posso aceitar sua proposta e jamais poderei. Fico lisonjeada por sua atenção e não tenho dúvidas de que muitas belas damas se derreterão com tais declarações no futuro.

— Mas a senhorita, não. — Ele pareceu lindamente triste.

Que ator, pensou ela.

— Não, acho que não. Estou constrangida de ter vindo para cá como se implorando por sua declaração atormentada e aflita de amor. Obrigada por me dar isso para que eu pudesse ver que não é o que eu quero.

— O que a senhorita quer? — A voz dele foi quase um murmúrio.

— Perdão?

— Estou perguntando com sinceridade — disse ele, embora ainda parecesse zangado. — O que a senhorita quer?

— Alguma coisa real.

Ele franziu a testa.

— Isso tem alguma coisa a ver com certo jardineiro?

— Não fale comigo sobre isso. Não é da sua conta.

Ele fez uma cara feia, mas disse:

— Desejo realmente sua felicidade, Srta. Erstwhile, que eu jamais chamarei de Jane.

— Vamos jogar o fingimento pela janela, certo? Vá em frente e me chame de Jane. — Ele pareceu entristecido por esse convite, e ela lembrou o que significava para um homem da época da Regência chamar uma mulher pelo primeiro nome. — Só que não vai implicar que estamos noivos nem nada... Deixa pra lá. Sinto muito, me sinto uma tola.

— Eu sou o tolo — disse ele.

— Então, aos tolos. — Jane sorriu com tristeza. — Preciso voltar.

O Sr. Nobley fez uma reverência.

— Aproveite o baile.

Ela o deixou na biblioteca escura, assustada com a rapidez de mais um fim. Mas era ela quem o tinha causado. Ela dissera não. Para o Sr. Nobley, para a ideia do Sr. Darcy, para tudo que a prendia. Ela se sentiu tão leve que seus saltos mal tocavam o chão.

Acabei, Carolyn, sei o que quero, pensou ela ao se aproximar dos acordes palpáveis da música.

ALGUÉM TOCOU SEU OMBRO.

— Srta. Erstwhile — disse Martin.

Jane se virou, culpada de ter saído de uma proposta de casamento, estática por ter recusado, deprimida por mais um fim e surpresa por descobrir que Martin era a pessoa que ela mais queria ver no mundo.

— Boa noite, Theodore — disse ela.

— Sou o Sr. Bentley agora, um homem com terras e status, por isso a roupa chique. Me permitiram ser da aristocracia hoje porque precisavam de gente, mas desde que eu não falasse muito.

Os olhos dele seguiram para um ponto do outro lado do salão. Jane o acompanhou e viu a Sra. Wattlesbrook enrolada em metros de renda, olhando para eles com desconfiança.

— Então não vamos falar. — Jane o puxou para a dança seguinte.

Ele ficou de pé na frente dela, alto, belo e tão real ali, em meio àquelas meias-pessoas.

Eles não falaram enquanto desfilavam e se viravam e tocavam mãos, caminhavam e saltavam e giravam, mas sorriram o bastante para se sentirem bobos, com os olhos tomados por uma piada secreta, as mãos relutantes em se soltar. Quando a dança terminou, Jane reparou na Sra. Wattlesbrook andando determinada na direção deles.

— Nós devíamos... — disse Martin.

Jane pegou a mão dele e saiu correndo, seguindo o ritmo de outra música, para fora do salão de baile, para um corredor lateral. Atrás deles, botas apressadas seguiram.

Eles correram pela casa até os fundos, esmagaram cascalho com os pés e seguiram até a fileira escura de árvores ao redor da propriedade. Jane hesitou quando chegou à grama úmida.

— Meu vestido — disse ela.

Martin a jogou por cima do ombro, e as pernas dela ficaram penduradas na frente do corpo dele. Ele correu. Com a barriga apertada, Jane deu gargalhadas que pareciam soluços. Ele contornou as cercas e os monumentos, e acabou parando em uma área seca escondida pelas árvores.

— Aqui estamos, senhorita — disse ele, colocando-a de pé. Jane balançou por um momento antes de retomar o equilíbrio.

— Então essas são suas terras, Sr. Bentley.

— Ah, sim. Eu mesmo podo os arbustos. Os jardineiros hoje em dia não prestam para nada.

— Eu deveria ficar noiva do Sr. Nobley esta noite. O senhor arruinou essa experiência toda para mim.

— Lamento, mas eu avisei, cinco minutos comigo e você jamais voltaria.

— Você está certo sobre isso. Decidi desistir completamente dos homens, mas você tornou isso impossível.

— Escute, não estou tentando começar nada sério. Eu só...

— Não se preocupe. — Jane sorriu de maneira inocente. — A Jane estranha e intensa se foi, e a nova e tranquila Jane está feliz em ver você.

— Você parece mesmo diferente. — Ele tocou os braços dela, puxou-a para mais perto. — Também estou feliz em ver você, se quer saber. Acho que senti um pouco a sua falta.

— Essa é a coisa mais bonita que você já me disse.

— Tenho certeza de que consigo pensar em alguma coisa mais bonita. — Ele ergueu o olhar, pensando antes de se virar para ela. — Sinto muito pelo que falei antes. Todas as outras mulheres que vi em Pembrook Park pareciam brincar com a ideia de casos enquanto os maridos estavam em viagens de negócios. Eu não consegui conciliar o que sabia sobre as mulheres que vêm aqui e o que sabia sobre você. Quando vi você naquele dia andando com o Sr. Nobley e os outros, percebi que está aqui porque não está satisfeita, está procurando alguma coisa. E quando finalmente me dei conta disso, você consegue imaginar o quanto me senti sortudo por, dentre todo mundo, você me escolher?

— Obrigada — disse ela. — Isso foi sincero e encorajador, mas Martin, você ia falar uma coisa *bonita*.

— Ainda não terminei! Eu também queria dizer que você está bonita.

— Melhorou.

— Incrivelmente linda. E... e não sei como dizer. Não sou muito bom em dizer o que estou pensando. Mas você me faz sentir à vontade comigo mesmo. — Ele tirou uma mecha solta de cabelo da testa dela. — Você me lembra minha irmã.

— Ah, é? Você tem *esse* tipo de irmã?

— Sim, confiante, engraçada...

— Não, eu quis dizer do tipo que você quer agarrar.

Martin a tomou nos braços de novo, desta vez em um estilo mais romântico do que quando a carregou no ombro. Ela passou o braço ao redor do pescoço dele e deixou que ele a beijasse.

Ela apertou a mão contra o peito dele, tentando detectar se seu coração estava disparado como o dela. Ela olhou para ele e viu uma dobrinha entre as sobrancelhas.

— Não, minha irmã não beija tão bem assim.

Ele caminhou com ela, cantando uma canção de ninar ridícula como se ela fosse um bebê, depois a colocou sobre um toco de árvore, de forma que eles ficaram quase da mesma altura.

— Martin, você pode perder seu emprego por isso?

Ele passou o dedo pela bochecha dela.

— No momento, não me importo.

— Vou falar com a Sra. Wattlesbrook sobre isso na reunião de despedida amanhã, mas acho que minha opinião não significa muito para ela.

— Talvez ajude. Obrigado.

E então houve um silêncio e, com ele, um sinal de fim, e Jane se deu conta de que não estava pronta para isso. Martin era o primeiro homem de verdade com quem ela conseguiu ficar relaxada, sem a loucura obsessiva, e com quem se divertiu. Ela precisava ficar mais com ele e treinar para o mundo real.

— Tenho que ir embora daqui amanhã — disse ela —, mas posso ficar mais uns dois dias, posso mudar meu voo. Posso procurar um hotel em Londres, longe dos olhos da Sra. Wattlesbrook, e posso te ver. Passar um tempo com você antes de voltar para casa, sem loucura, sem pressão, prometo.

Ele sorriu largamente.

— É uma proposta que não posso recusar porque estou louco pra ver você de calça. Tenho a sensação de que você tem uma bunda muito boa.

Namorado nº 13

Jimmy Rimer, 38 ANOS

Jane perdeu a maior parte da vida social com a partida do namorado nº 12 e do cachorro, então praticamente só ficava em casa. Todas as noites. A não ser que trabalhasse até tarde. Que alegria.

Um ano se passou, e Jane ainda evitava contato visual com o sexo oposto. Molly tentou apresentá-la para alguns amigos de Phillip, mas Jane os afastou cegamente.

E, então, Jimmy. Eles faziam o mesmo caminho pelo Central Park todos os dias e, apesar da relutância ferrenha dela, o romance simplesmente aconteceu. Parecia um pequeno e perfeito milagre ela estar se permitindo uma chance de se apaixonar de novo. Eles decidiram não atormentar um ao outro com nerfis psicológicos ou relatos de relacionamentos passados que fracassaram, e simplesmente vivenciaram um ao outro. Tão renovador! Uma forma tão graciosa de começar a amar! Durante cinco meses, Jane se perguntou por que nunca tinha tentado isso antes.

Em uma fatídica manhã de primavera, Jimmy roncou quando estava rindo. Qual é o problema disso? Absolutamente nenhum. Deveria ser uma idiossincrasia fofa no homem que *você ama. Mas ferroou Jane como uma vespa, e inchou e coçou e incomodou-a até ela se sentar na cama às duas da manhã e pensar em voz alta: O Sr. Darcy jamais roncaria.*

Ela trocou o caminho que seguia pelo parque.

Dia 21

JANE NÃO DESCEU PARA O café da manhã. Fez as malas casualmente, com melancolia, recusou a ajuda da criada e colocou o aplique já bastante usado na lixeira.

Ela olhou muito pela janela. Em seguida, arrancou uma tira decorativa de metal do abajur ao lado da cama e a usou para entalhar *Catherine Heathcliff* na parte de baixo da moldura da janela. Depois de pendurar o autorretrato no banheiro, ela voltou para a janela e acrescentou as palavras *e Jane*.

Quando ela finalmente desceu a escada, encontrou a casa toda com um ar triste e sonolento de pós-festa. O salão de baile estava silencioso e frio, o piso estava marcado e manchado, havia poças de ponche derramado nos cantos. No salão matinal, pratos de café da manhã oleosos e cheios de migalhas estavam abandonados sobre a mesa, com frios e pães doces no bufê.

O coronel Andrews estava sozinho na sala de estar, lendo. Ela não o perturbou. O capitão East e a Srta. Heartwright estavam dando uma caminhada de despedida pelo jardim. Jane pensou que se caminhasse pelo jardim mais uma vez, a parte sã do seu cérebro seria permanentemente danificada.

Ela passou pela Srta. Charming no corredor.

— Você já vai, então — disse a Srta. Charming. — Adeus. Vou ficar um dia a mais para dar uma olhada nas novatas e garantir que elas saibam que meu coronel tem dona.

Jane deu beijinhos sem tocar nas bochechas dela.

— É um adeus, então, Lizzy, irmã do peito.

— Eles são de verdade, sabe. — A Srta. Charming colocou as mãos debaixo dos seios e deu uma balançada vigorosa.

— É mesmo? — disse Jane, olhando abertamente.

— Ah, sim, verdadeiros como aço. As pessoas sempre perguntam, então pensei em poupar a dúvida. Como presente de despedida.

— Obrigada — disse Jane, e falou com sinceridade. Era bom saber o que era real.

Elas se despediram e, no caminho da saída, Jane passou pela biblioteca. Em um dos cantos estava Inflexibilidade. Ele ergueu o olhar quando ouviu os passos dela.

— Ah — disse Jane, incomodada e constrangida. — Bom dia, Sr. Nobley.

— A senhorita não foi tomar café — disse ele.

— Estou indo embora. — Ela apontou para o chapéu e para a jaqueta curta. — Só estou me despedindo da casa. É uma casa antiga linda.

— Nova, na verdade. Construída em 1809.

— Certo. — A insistência dele em manter a farsa a irritava. Ela tinha um desejo crescente e ridículo de se sentar do lado dele e sacudi-lo e fazê-lo falar com ela como uma pessoa real.

— Bem, como encontrei com o senhor sem querer, posso agradecer em pessoa pelas ótimas férias. Me sinto um pouco encabulada por não ter sido diferente.

O Sr. Nobley deu de ombros, e ela ficou surpresa em detectar raiva nos olhos dele. Ainda bancando o homem rejeitado? Ou será que ela feriu o ego do ator? Talvez ele tenha perdido um bônus por não ter ficado noivo.

— Foi um prazer tê-la aqui, Srta. Erstwhile. Eu talvez sinta sua falta, na verdade.

— É mesmo?

— É possível.

— Ei, andei pensando uma coisa... Qual é o primeiro nome do Sr. Nobley?

— William. Sabe, você é a primeira pessoa a perguntar isso.

Qualquer constrangimento a mais foi interrompido pelo som de uma carruagem se aproximando. Jane saiu pela porta da frente pela última vez, e ela e Amelia, com gratidão e tristeza, foram embora. Tia Saffronia ficou na porta, acenando com o lenço e derramando lágrimas impressionantes. O coronel Andrews saiu para acenar com a fila de criados da casa com chapéus e perucas brancas. O capitão East sorriu deliberadamente, com os olhos sinceros de promessas falsas que ele e Amelia tinham feito. O Sr. Nobley não se deu ao trabalho de se juntar à despedida.

Jane procurou Martin, mas ele não estava lá. Não importava. Depois que o motorista a deixasse em Heathrow, ela mudaria a passagem e o encontraria em um certo pub.

No momento em que a carruagem começou a se afastar, dois homens que Jane nunca tinha visto saíram da casa; um era jovem e belo o bastante para ser carne nova para as garotas que chegariam, e o outro, um cavalheiro corpulento de rosto vermelho que parecia um tanto bêbado. O novo Sir

Templeton, percebeu ela, e sentiu-se estranhamente alegre pela a história prosseguir mesmo sem ela.

Amelia tirou o chapéu, se recostou no banco e se aconchegou ao braço de Jane.

— Que diversão! — disse ela com sotaque americano. — Foi a melhor até agora.

— Você não é britânica?

— Não, não, mas, depois da minha primeira visita, esta é a quarta, passei a ter aulas particulares de teatro. Minha primeira personagem era avoada e imatura, e meu professor de teatro me ajudou a refinar meu eu Austeniano e a dominar o sotaque. Faz toda diferença. Se você morar na área da Baía de São Francisco, posso te apresentar ao meu professor. Ele é divino.

— Não, tudo bem. Não vou voltar.

— Não vai voltar? Seu marido reclamou do preço, foi? Bem, passe por cima dos protestos dele. Esses homens querem esposas bonitas, mas não estão dispostos a gastar dinheiro para nos deixarem felizes. Diga a ele para falar com meu terapeuta se precisar ser convencido. Ou com meu advogado. Vou te dar os cartões deles.

Jane se mexeu um pouco para a direita, sentindo como se estivesse aconchegada a uma estranha. Ela reparou pela primeira vez nas raízes do cabelo de Amelia, escuras com o crescimento de três semanas.

— Na verdade, não sou...

— Você viu minha expressão quando o capitão East chegou? Que emoção! Sinceramente, eu não sabia que iam trazer de volta o mesmo ator para mim. Este ano, pedi para ficar no chalé porque no ano passado as outras mulheres da casa principal eram irritantes, mas eu estava ficando entediada até George aparecer. Ahh, ele é um *pão*. Ele trancado em um quarto de hotel e deitado na cama quase vale o risco da pensão alimentícia, se é que você me entende. Wattlesbrook pode trazê-lo da próxima vez, e eu serei feliz, feliz. Mas se não trouxer não é nada de mais. Ele e a Srta. Heartwright já estão noivos, e essa é a parte divertida. Posso querer experimentar uma pessoa nova ano que vem e alterar minha personagem, ficar um pouco mais estilo Elizabeth Bennet. Você acabou com o Sr. Nobley, não foi? Ele beija bem? Ele me pareceu tedioso, mas fez um bom trabalho de estar interessado em você. Foi Nobley quem me pediu para fingir que seu celular era meu, sabe. Ele disse que Wattlesbrook te mandaria para casa, e me pediu para fazer esse favor. Ele estava no elenco do ano passado também, e quase tivemos um romance antes de George East me conquistar. Estava malfadado na época, mas isso é parte da diversão. Ah, aqui estamos! É uma tragédia quando as férias terminam, mas, francamente, estou louca por uma massagem.

Enquanto Amelia saía da carruagem e entrava no Garanhão/Burro Branco, Jane ficou sentada ali um pouco mais. A carruagem ainda parecia balançar, mas era Jane quem oscilava. Então Amelia era outra Srta. Charming disfarçada. Claro que todos os atores deviam pensar que Jane era igual a todas as visitantes. E foi o Sr. Nobley quem a salvou da expulsão. E... e... acabou. Era hora de sair da carruagem e voltar a usar suas próprias roupas, encontrar Martin (viva!) e ser ela mesma de novo. Nada mais de Sr. Darcy. A velha Jane estava morta; a nova, a confiante e vibrante Jane surgia da concha.

Ela se sentou no salão principal da pensão enquanto a Sra. Wattlesbrook e Amelia tinham uma conversinha de último dia de aula. A mala dela estava pronta, os resquícios da Srta. Erstwhile estavam pendurados no armário. A velha Jane teria roubado o vestido do baile, imaginando secretamente que poderia ser o vestido de casamento se ela se casasse com Martin. Mas a nova Jane estava determinada a apenas apreciar a primeira parte e a lembrança dos beijos da noite anterior. A nova Jane ainda era tão controlada quanto tinha se permitido ser quando era a Srta. Erstwhile. Parecia estranho e maravilhoso.

Ela estava se sentindo ousada com suas antigas roupas de rua, recém-lavadas, com sutiã e calcinha no lugar de espartilho e calçola. A calça jeans lhe pareceu uma audácia, apertada e estranha, mas ao mesmo tempo tão confortável que ela abraçou os joelhos contra o peito. Usar suas próprias roupas deu a ela uma sensação estranha, como o momento ocasional em que ela se olhava no espelho e tinha aquela emoção apavorante de não reconhecimento. É essa quem eu sou? Aquela mulher nas fotos sou eu?

E agora: Quem fui pelas últimas três semanas? Quem sou agora?

Ela olhou ao redor, lembrando-se do primeiro dia, em que dançou o minueto ali com Martin, no quão constrangida e estudantil ela se sentiu, no quanto ficou ansiosa e assustada. Ela quase não se sentia mais a mesma mulher.

— Jane! Jane! — Amelia saiu do escritório da Sra. Wattlesbrook e tomou Jane nos braços. — Ela me contou sobre sua situação financeira... Sinto muito! Eu não sabia. — Ela a

213

abraçou e disse baixinho em seu ouvido: — Apegue-se aos seus sonhos, querida, está ouvindo?

— Farei isso — disse Jane, sem se dar ao trabalho de revelar que ela tinha ido até ali para se libertar dos sonhos. Havia rejeitado o Sr. Nobley, seu julgamento na Austenlândia havia terminado e ela ia para casa livre de fantasias traiçoeiras.

Jane esperou no escritório enquanto a proprietária se despedia melosamente da Cliente Habitual favorita. Quando Amelia (ou "Barbara", no fim das contas) estava indo embora, a Sra. Wattlesbrook entrou com chá e, com desinteresse não disfarçado, envolveu Jane em uma pesquisa de satisfação.

— E acredito que você tenha tido um romance satisfatório com um dos cavalheiros?

— Na verdade, houve alguém, mas não, nenhum dos atores.

— Ah, bem, é claro que você sabe que Martin *é* um dos nossos atores — disse a Sra. Wattlesbrook.

O quê?

Clink quando a xícara foi cuidadosamente colocada no pires.

— Ele é seu jardineiro — disse Jane lentamente.

— Sim, mas os criados sempre estão preparados para um romance inesperado. Descobrimos que nem todas as nossas hóspedes são capazes de relaxar e esquecer quem são realmente a ponto de se apaixonarem pelos atores principais, então temos planos alternativos. Além do mais, muitas mulheres gostam de, como se diz, procurar alternativas abaixo de seu nível.

Jane se viu piscando muito e abrindo e fechando a boca. Parecia que o ar tinha sido removido dos pulmões.

— Você está falando sério?

— Ah, sim, ele se reportou a mim regularmente. Sabíamos sobre sua fascinação por basquete e pelos New York Knickerbockers, e o resto foi fácil.

— Você está falando sério.

— Você não é a primeira a se apaixonar por Martin — disse a Sra. Wattlesbrook. — Ele é muito bom.

— É. Ele é sim.

— Não temos um bordel aqui, senhorita, e tenho que dizer que jamais deixaríamos as coisas irem *tão* longe. Tive que esfriar as coisas entre vocês quando Martin disse que elas estavam esquentando, hum? — A Sra. Wattlesbrook sorriu, e seus olhos brilharam como se ela estivesse gostando muito dessa parte. — Eu queria ter certeza de que você soubesse que, apesar de não ser nossa Cliente Ideal, ainda fizemos todo o possível para seu conforto e diversão, Srta. Erstwhile.

— Meu nome é Jane Hayes.

— Há um carro esperando para levá-la ao aeroporto, Jane Hayes. Acredito que esteja pronta para ir embora.

— Sem dúvida.

— Espero não ter aborrecido você — disse a Sra. Wattlesbrook com um sorriso inocente. — Tenho o orgulho de dizer que combino cada cliente com seu cavalheiro perfeito. Mas não sou capaz de prever todos os desejos de uma mulher, e, assim, nosso grupo de talentos é bem amplo. Entende?

— Bem amplo mesmo. — Jane se sentia como uma mulher se afogando, e se agarrou a qualquer coisa. E, na verdade, mentiras descaradas são, ao menos temporariamente, muito revigorantes, então ela disse: — Vai tornar a conclusão do meu artigo ainda mais interessante.

— Seu... seu artigo? — A Sra. Wattlesbrook olhou por cima dos óculos como se para um inseto que gostaria de esmagar.

— Aham — disse Jane, mentindo com extravagância, abertamente, mas também esperava que de forma graciosa. — Certamente você sabe que trabalho em uma revista. O editor achou que a história da minha experiência em Pembrook Park seria a maneira perfeita de marcar minha passagem do design gráfico para a redação.

Ela não tinha intenção de ser redatora, e na verdade o vírus de artista corria em suas veias mais do que nunca agora, mas tinha que dar uma boa lição na Sra. Wattlesbrook antes de ir embora. Estava sofrendo o bastante para desejar o alívio que vem de lutar em autodefesa.

A Sra. Wattlesbrook ficou agitada. Isso foi satisfatório.

— E tenho certeza de que você sabe que, como sou da imprensa — disse Jane —, o acordo de confidencialidade que você me fez assinar não se aplica.

A sobrancelha direita da Sra. Wattlesbrook sofreu um espasmo. Jane supôs que na mente dela surgia o telefone de seu advogado, para quem ela ligaria imediatamente. Jane, é claro, mentira de novo. E não é que foi divertido!

A Sra. Wattlesbrook pareceu estar tentando umedecer a boca sem sucesso.

— Eu não sabia... Eu teria...

— Mas não fez. O escândalo do celular, o truque sujo com Martin... Você supôs que eu não era ninguém de influência. Acho que não sou. Mas minha revista tem uma circulação de mais de 600 mil exemplares. Eu me pergunto quantas leitoras estão na sua faixa preferida do imposto de renda. E, infelizmente, meu artigo não será entusiástico.

Jane fez uma reverência de calça jeans e se virou para ir embora.

— Ah, e Sra. Wattlesbrook?

— Sim, Jane querida? — respondeu a proprietária com uma voz trêmula e afetada.

— Qual é o primeiro nome do Sr. Nobley?

A Sra. Wattlesbrook ficou olhando para ela sem piscar.

— É J... Jonathan.

Jane balançou o dedo.

— Boa tentativa.

Martin, de Sheffield

29 ANOS

Ele a beijou como ela sabia que deveria ser beijada. Ele tinha cheiro de jardim, e isso levou o cérebro dela a acreditar que ela era irresistível e fez a ideia de ela se apaixonar parecer possível de novo.

Mas ele era na verdade um ator se passando por jardineiro, que se passava por cavalheiro nos bailes em uma propriedade na Austenlândia, para onde ela foi com o objetivo de tentar deixar que sua fantasia do Sr. Darcy morresse para sempre. De verdade.

Além disso, ele acabou sendo um cretino.

Final do dia 21

O TRAJETO ATÉ O AEROPORTO pareceu eterno. Jane sintonizou o rádio que ficava na parte de trás da limusine em uma estação de rock e se esforçou para ficar mais com raiva do que triste. A raiva era proativa.

— Otária. — Ela ficava murmurando. Dirigindo-se a si mesma.

Sim, Martin também era um otário. A pura certeza disso era revigorante. Mas na verdade, depois de todos aqueles namorados, era de imaginar que ela já tivesse aprendido que todos os homens são otários.

Não ajudou muito em sua humilhação o fato de ela não ter tido ilusões sobre Martin. Ela sabia que ele havia sido apenas um caso, motivado por seu desespero por se sentir como uma mulher genuína em meio a toda pompa. Mas acabou se permitindo ser manipulada. Garota idiota. Tinha até se deixado convencer de que o Sr. Nobley poderia estar interessado nela.

— Continue a sonhar — cantou uma voz no rádio.

— Não importa como terminou — murmurou ela para si mesma, e se deu conta de que era verdade. Real ou não, Martin mostrou a ela que a solteirice não era uma opção. E real ou não, o Sr. Nobley a ajudou a dizer não para o Sr. Darcy. Ela encostou a cabeça na janela, observou o campo passando lá fora e se forçou a sorrir. Pembrook Park havia feito sua parte, tinha permitido que ela sobrevivesse a seu purgatório romântico. Ela acreditava agora que a fantasia não era treino para o real, a fantasia era o ópio das mulheres. E ela deixou a fantasia para trás, enterrada na Inglaterra rural. Sua vida agora seria aberta a possibilidades verdadeiras. O Sr. Darcy não existia, o homem perfeito não existia. Mas talvez houvesse alguém. E ela estaria pronta.

O voo só sairia em duas horas, então ela passeou pelo aeroporto, olhando livrarias e perfumarias. Comprou um livro famoso sobre uma armadura robótica, encontrou o portão e se aconchegou em uma cadeira de vinil para tentar ler a primeira página quando a voz congestionada do alto-falante disse:

— Senhorita, hum, *Erstwhile*, favor comparecer ao balcão de Atendimento ao Cliente do Terminal 3. Srta. Jane Erstwhile, vá ao Atendimento ao Cliente.

O choque daquele nome a deixou elétrica, com se uma corrente estivesse tocando sua pele. Ela fechou o livro e se levantou lentamente, temendo encontrar uma equipe de filmagem atrás de si, com medo de ser vítima de um reality show e de ter levado o fora não de forma particular, mas na frente de milhões de espectadores. Ela se virou, e o aeroporto estava tomado de movimento desinteressado. Em seu humor atual (desgostosa e enfurecida), foi difícil apreciar de maneira apropriada o alívio que acompanhou o pensamento "Pelo menos não estou na TV".

A caminhada até a barreira de segurança pareceu incrivelmente longa, o estalo de seus saltos pareceu alto demais, como se ela estivesse completamente sozinha e nenhum corpo estivesse presente para abafar os sons de sua solidão.

Ali estava o Atendimento ao Cliente, e havia uma morena animada com um sorriso permanente atrás do balcão. E também tinha mais alguém esperando ali, uma pessoa de jeans e suéter, diabolicamente normal em meio às pessoas do século XXI. Ele a viu e se empertigou, com olhos esperançosos. Aparentemente, o advogado da Sra. Wattlesbrook não estava no escritório para dizer a ela que ser repórter de revista não anula um acordo de confidencialidade.

— Jane.

— Martin. Você assobiou? — Ela deixou o rancor bem claro. Não havia necessidade de disfarçar.

— Jane, sinto muito. Eu ia te contar hoje. Ou à noite. A questão é, eu ia te contar, e então poderíamos ver se você e eu ainda...

— Você é ator — disse Jane, como se "ator" e "canalha" fossem sinônimos.

— Sim, mas, mas... — Ele olhou ao redor, como se procurando pistas.

— Mas você está desesperadamente apaixonado por mim — disse ela, ajudando-o. — Sou incrivelmente linda e faço você se sentir real. Ah, e o faço lembrar de sua irmã.

A morena sorridente atrás do balcão se recusava furiosamente a erguer o olhar do monitor.

— Jane, por favor.

— E os sentimentos apaixonados repentinos que fizeram você ir correndo atrás de mim ao aeroporto não têm nada a ver com o medo que a Sra. Wattlesbrook tem de eu escrever uma crítica negativa de Pembrook Park.

— Não! Escute, sei que fui um grosso, que menti e te enganei, e nunca fui fã da NBA de verdade, viva United, mas romances já floresceram em piso mais pedregoso.

— Romances... piso pedregoso... A Sra. Wattlesbrook escreveu essa fala?

Martin soltou o ar com exasperação.

Ao lembrar-se da falta de informações na verificação de Molly, ela perguntou:

— Seu nome verdadeiro não é Martin Jasper, é?

— Bem... — Ele olhou para a morena como se em busca de ajuda. — Bem, é Martin.

A morena sorriu de forma encorajadora.

E então, impossivelmente, outra pessoa correu na direção dela. As costeletas e a jaqueta de colarinho engomado pareciam ridículos fora do contexto de Pembrook Park, embora ele tivesse colocado um boné e um sobretudo, tentando se misturar aos outros. Seu rosto estava vermelho por ter corrido, e quando ele viu Jane suspirou de alívio.

O queixo de Jane caiu. Literalmente. Ela nunca, mesmo em suas fantasias mais ridículas, imaginou que o Sr. Nobley iria atrás dela. Ela deu um passo para trás, pisou em alguma coisa grudenta com o salto da bota e quase caiu. O Sr. Nobley a pegou e a ajudou a ficar de pé.

É por isso que as mulheres usam salto?, pensou Jane. Dificultamos a caminhada para ainda podermos ser salvas por homens?

Ela se irritou por ter apreciado o gesto. Brevemente.

— Você ainda não partiu — disse Nobley. Ele pareceu relutante em soltá-la, mas acabou soltando-a e deu alguns passos para trás. — Estava em pânico de... — Ele viu Martin. — O que você está fazendo aqui?

A morena estava assistindo com intensidade faminta, embora continuasse a digitar no teclado como se realmente estivesse ocupada com o trabalho.

— Jane e eu ficamos próximos nessas últimas semanas e... — começou Martin.

— *Ficaram próximos.* Quanta besteira. Uma coisa é brincar com as matronas que supõem quem você é, mas Jane devia estar fora disso tudo. — Ele segurou o braço dela. — Você não pode acreditar em uma palavra que ele diz. Lamento não ter podido contar pra você antes, mas você precisa saber que ele é um ator.

— Eu sei — disse Jane.

Nobley piscou.

— Ah.

— Mas o que *você* está fazendo aqui? — Ela não conseguia evitar um tom um pouco cansado. Aquilo estava parecendo uma farsa.

— Vim te dizer que... — falou ele rapidamente, mas se recompôs, olhou ao redor e deu um passo para mais perto dela, para que não precisasse elevar a voz para ser ouvido. A morena se inclinou um pouco para a frente. — Peço desculpas por ter que falar aqui, neste lugar movimentado e sujo... Não é o local que eu teria escolhido, mas você precisa saber que eu... — Ele tirou o boné e passou a mão pelo cabelo. — Trabalho em Pembrook Park há quase quatro anos. Todas as mulheres que vejo, semana após semana, são iguais. Quase desde o primeiro momento, naquela manhã em que ficamos sozinhos no jardim, eu supus que você poderia ser diferente. Você foi sincera.

Ele esticou a mão para segurar a dela e pareceu ganhar confiança, seus lábios começaram a sorrir e ele olhou para ela como se nunca desejasse afastar o olhar.

Uau, pensou ela, mais por hábito, porque não estava acreditando em nada daquilo.

Martin gemeu ao ver aquela tolice. Nobley imediatamente colocou o boné e deu um passo para trás parecendo não saber se havia avançado demais, se ainda devia agir seguindo as regras.

— Sei que você não tem motivo para acreditar em mim, mas gostaria que acreditasse. Ontem à noite, na biblioteca, eu queria dizer o que sentia. Devia ter dito. Mas não sabia como você... Eu me fiz usar o mesmo tipo de pedido cansado que uso com todo mundo. Você fez bem em me rejeitar. Foi um belo tapa na cara. Ninguém nunca disse não antes. Você me fez pensar. Bem, eu não queria pensar muito a princípio. Mas depois que você partiu hoje de manhã, eu me perguntei: Você vai deixar que ela vá embora só porque a conheceu enquanto atuava? — Nobley fez uma pausa, como se esperando uma resposta.

— Ah, espera aí, Jane — disse Martin. — Você não vai acreditar nele.

— Não fale comigo como se fôssemos amigos — disse Jane. — Você... você foi pago para me beijar! E era um jogo, uma peça pregada, seu asqueroso. Você não tem direito de me chamar de Jane. Sou Srta. Erstwhile pra você.

— Não me venha com isso — disse Martin. Ele estava ficando sem paciência. — Tudo em Pembrook Park é uma grande encenação, você teria que ser burra pra não perceber isso. Você também estava atuando, como o restante de nós, tendo um caso nas suas férias, não? E beijar você não foi detestável.

— Detestável?

— Estou dizendo que *não foi*. — Martin fez uma pausa e pareceu recompor a personalidade romântica. — Gostei de tudo. Bem, menos da cerveja preta. E se você vai escrever o artigo precisa saber que acredito que o que tivemos foi real.

A morena suspirou. Jane só revirou os olhos.

— Tivemos uma coisa real — disse Nobley, começando a parecer meio desesperado. — Você deve ter sentido, foi além das fantasias e dos fingimentos.

A morena assentiu.

— *Além dos fingimentos?* Escute o que ele diz, ele ainda está atuando. — Martin se virou para a morena em busca de uma aliada.

— Estou detectando ciúmes aqui, meu amigo gigante? — disse Nobley. — Ainda está aborrecido por não ter sido escalado como nobre? Você faz um ótimo jardineiro.

Martin deu um golpe. Nobley se abaixou e se lançou contra o corpo dele, levando os dois ao chão. A morena deu um gritinho e se balançou nos calcanhares.

— Parem! — Jane puxou Nobley, mas escorregou. Ele esticou o braço e a pegou pela cintura antes que ela caísse.

— Aqui, me deixa... — Nobley tentou ajudá-la a se levantar ao mesmo tempo que ele empurrava Martin.

— Me larga — disse Martin. — Eu vou ajudá-la.

Ele chutou Nobley no traseiro, depois eles trocaram tapinhas. Jane firmou os pés, agarrou o braço de Nobley e o puxou. Martin ainda estava batendo de leve no outro do chão. O boné de Nobley caiu, depois seu sobretudo se embolou em Martin, que o empurrou desesperado.

— Parem! — disse Jane, empurrando Nobley e entrando entre os dois. Ela se sentia mais como uma professora apartando uma briguinha de alunos do que uma moça ingênua com admiradores em disputa.

— M-M-Martin é gay! — disse Nobley.

— Não sou! Você está me confundindo com Edgar.

— Quem diabos é Edgar?

— Você sabe, aquele outro jardineiro que sempre cheira a peixe.

— Ah, é.

Jane levantou as mãos, exasperada.

— Vocês dois podem...?

Uma voz abafada no alto-falante anunciou o pré-embarque do voo de Jane. A morena deu um gemido de decepção. Martin lutou para ficar de pé com ajuda de Nobley, e os dois ficaram em frente a Jane, silenciosos, patéticos como cachorros molhados que querem entrar de novo em casa. Ela se sentiu muito segura naquele momento, alta, magra e confiante.

— Bem, estão tocando minha música, rapazes — disse ela melodicamente.

Os ombros eretos de Martin pareceram despencar e seus pés pareceram os de um palhaço. Nobley não tinha sinal de sorriso no rosto. Ela olhou para eles, lado a lado agora, dois homens que ofereceram um bom desafio à sua obsessão por Darcy. Eles eram de longe os homens mais deliciosos que ela já havia conhecido, e achava que nunca tinha se divertido tanto paquerando e sendo paquerada. E estava dizendo não. Para os dois. Para tudo. Sua pele formigou. Era um momento perfeito.

— Foi um prazer. De verdade. — Ela começou a se virar.

— Jane. — Nobley colocou a mão no ombro dela, uma espécie desesperada de ato de coragem que superou sua discrição. Ele pegou a mão dela de novo. — Jane, por favor. — Ele levou a mão dela aos lábios, com os olhos baixos como se com medo de olhar nos dela. Jane sorriu e se lembrou de que ele realmente foi seu favorito o tempo todo. Ela se aproximou, segurou as duas mãos dele nas laterais do corpo e encostou a bochecha de leve em seu pescoço. Conseguiu senti-lo suspirar.

— Obrigada — sussurrou ela. — Diga para a Sra. Wattlesbrook que eu disse *tallyho*.

Ela se afastou sem olhar para trás. Era capaz de ouvir os homens chamando-a, reclamando, reafirmando sua sinceridade. Jane os ignorou e seguiu sorrindo pela área de segurança, até o portão e a área de embarque. Embora pura fantasia, era exatamente o final que ela desejara.

Ela gostava do jeito que terminara, gostou da fala final. *Tallyho*. O que isso significava, afinal? Não era algo como *a caçada começou*? *Tallyho*. O começo de alguma coisa. Ela era a predadora. A raposa foi avistada. Era hora de capturá-la.

Certo, tia Carolyn, pensou ela em uma pequena oração. Certo, estou pronta. Estou enterrando a parte fantasiosa de mim, a parte que é a presa. Sou real agora.

Ela se aconchegou no assento e olhou pela janela para as pessoas pequenas na pista, balançando seus sinalizadores laranja como se estivessem desesperados para chamar a atenção dela. Ela relaxou, e sua mente queria decifrar algumas coisas. Que partes de Pembrook Park foram reais? Alguma, pelo menos? Nem sequer ela mesma? O absurdo fervilhou dentro dela, e ela riu em voz alta. A mulher ao seu lado ficou rígida, como se obrigando a não olhar para a maluca.

— Com licença.

O som da voz fez Jane se grudar no encosto do assento como se o avião tivesse decolado a uma velocidade apavorante.

Era ele. Aqui estava. No avião. De colete e *cravat* e paletó e tudo.

— Caramba — disse ela.

— Com licença, senhora — disse Nobley para a mulher ao lado de Jane. — Minha namorada e eu não conseguimos assentos juntos, e eu gostaria de saber se a senhora se importaria de trocar. Tenho um assento adorável na fileira da saída de emergência.

A mulher assentiu e sorriu com solidariedade para Jane, como se ponderando sobre a tristeza de uma mulher louca namorar um homem com roupas regenciais.

O homem que era o Sr. Nobley se sentou ao seu lado. Ele ergueu a mão para tirar o boné, descobriu que havia caído há tempos, na briga com Martin, e inclinou a cabeça como o Sr. Nobley teria feito.

— Como vai? Sou Henry.

Então ele era Henry Jenkins.

— Ainda sou Jane — disse ela. Ou melhor, guinchou.

Ele estava tentando prender o cinto de segurança, e seu olhar de confusão foi tão adorável que ela queria esticar a mão e ajudá-lo, mas isso não seria apropriado... Espere, eles estavam em um avião. Não havia mais Regras. Não havia mais jogo. Ela sentiu suas esperanças crescerem tanto que achou que flutuaria antes de o avião decolar, então empurrou os pés contra o chão. Ela lembrou a si mesma que era a predadora agora. *Tallyho.*

— Isso é meio longe demais, mesmo pra Sra. Wattlesbrook.

— Ela não me enviou — disse Nobley/Henry. — Nem antes, nem agora. Eu vim porque quis, ou melhor, eu vim porque... precisava tentar. Olha, sei que é loucura, mas a passagem não era reembolsável. Será que posso ao menos acompanhar você até em casa?

— Não é bem uma caminhada pelo jardim.

— Estou cansado de jardins.

Ela reparou que o tom dele estava mais casual agora. Ele tinha perdido o ar regencial pomposo, suas palavras eram pronunciadas de forma mais relaxadas... mas, fora isso, até o momento Henry não parecia muito diferente do Sr. Nobley.

Ele se recostou, como se tentando se acalmar.

— Foi um bom trabalho, mas o pagamento não foi astronômico, então você pode imaginar meu alívio quando descobri que você não estava na primeira classe. Mas eu preferia um navio de carga, na verdade. Odeio aviões.

— Sr. Nob... hã, Henry, não é tarde demais pra você sair do avião. Não vou escrever nenhum artigo pra revista.

— Que revista?

— Ah. E não sou rica.

— Eu sei. A Sra. Wattlesbrook compartilha a situação financeira de todos os hóspedes junto com seus perfis.

— Por que você viria atrás de mim se sabia que eu não era...

— É isso que estou tentando dizer. Você é irresistível.

— Não sou.

— Não estou feliz com isso. Você é realmente a pessoa mais irritante que conheci. Consegui evitar todos os tipos de mulheres durante quatro anos, uma tarefa muito fácil em Pembrook Park. As coisas estavam indo de forma esplêndida, eu estava no caminho certo para morrer sozinho e despercebido. E então...

— Você não me conhece! Conhece a Srta. Erstwhile, mas...

— Pare com isso, desde que testemunhei sua performance abominável na peça, ficou claro que você não é capaz de atuar nem pra salvar sua vida. Era você mesma naquelas três semanas. — Ele sorriu. — E eu queria continuar a conhecer você. Bem, não no começo. Eu queria que você fosse embora e me deixasse em paz. Virei profissional em evitar qualquer possibilidade de relacionamento real. E encontrar você naquele circo... não fez sentido. Mas o que faz?

— Nada — disse Jane com convicção. — Nada faz sentido.

— Você poderia me dizer... estou indo rápido demais ao perguntar?... É claro que acabei de comprar uma passagem de avião por impulso, então me preocupar em ir rápido demais a essa altura não faz sentido... Isso é tão louco, eu não sou romântico. *Aham.* Minha pergunta é, o que você quer?

— O que eu...? — Isso era mesmo loucura. Talvez ela devesse pedir àquela senhora para trocar de lugar de novo.

— Estou falando sério. Além de uma coisa real. Você já me contou isso. Gosto de pensar que, no fim das contas, sou real. E então, o que você quer, na verdade?

Ela deu de ombros e disse simplesmente:

— Quero ser feliz. Antes eu queria o Sr. Darcy, pode rir de mim se quiser, ou a ideia dele. Alguém que me fizesse sentir o tempo todo como eu me sentia quando via aqueles filmes. — Era difícil para ela admitir, mas, quando conseguiu, foi como raspar o restinho de uma tigela de brigadeiro. Aquela fantasia incorrigível estava vazia agora.

— Certo. Bem, você acha possível...? — Ele hesitou, e seus dedos brincaram com os botões do rádio e de luz no braço do assento. — Você acha que alguém como eu pode ser o que você quer?

Jane sorriu com tristeza.

— Estou me sentindo nova em folha. Em toda a minha vida, nunca me senti assim. Ainda não sei bem o que quero. Quando eu era a Srta. Erstwhile, você era perfeito, mas isso foi na Austenlândia. Ou ainda estamos na Austenlândia? Talvez eu nunca vá embora de lá.

Ele assentiu.

— Você não precisa decidir nada agora. Se me permitir ficar perto de você por um tempo, poderemos ver. — Ele apoiou a cabeça no encosto e eles se entreolharam, com os rostos a centímetros de distância. Ele era sempre tão bom em olhar para ela. E ocorreu a ela naquele momento que ela mesma era mais Darcy do que Erstwhile, sentada ali admirando os belos olhos dele, sentindo-se perigosamente perto de se apaixonar contra a vontade.

— Só ficar perto... — repetiu ela.

Ele assentiu.

— E se eu não fizer você se sentir a mulher mais bonita do mundo todos os dias da sua vida, então não mereço estar perto de você.

Jane inspirou e levou essas palavras para dentro de si. Ela achava que gostaria de guardá-las por um tempo. Considerava nunca abrir mão delas.

— Certo, eu menti um pouco. — Ele esfregou a cabeça com ainda mais força. — Preciso admitir de cara que não sei ter casos. Não sou bom em me divertir e me despedir. Estou me jogando aos seus pés porque tenho esperança de encontrar um relacionamento para sempre. Você não precisa dizer nada agora, não preciso de promessas. Só achei que você deveria saber.

Ele se forçou a encostar de novo, com o rosto ligeiramente afastado, como se não quisesse ver a expressão dela naquele momento. Provavelmente, era melhor assim. Ela estava olhando para a frente, com olhos arregalados e em pânico, mas um sorriso lentamente se abriu em seu rosto. Em pensamento, ela estava ouvindo a conversa que teria com Molly: "Eu não achei que fosse possível, mas encontrei um homem tão loucamente intenso quanto eu."

O avião estava em movimento, naquela câmera lenta que parecia ir para a frente e para trás ao mesmo tempo. Jane ficava olhando para a janela e para o homem ao seu lado, para ver se ele estava realmente ali. Seria este um final melhor do que *tallyho*?

— E então — disse ele —, Nova York é nosso destino final?

— É onde eu moro.

— Bom. Deve haver trabalho pra um ator britânico atraente, você não acha?

— Há milhares de restaurantes, e os empregos de garçom têm alta rotatividade.

— Certo.

— Um monte de teatros também. Acho que você ficaria ótimo em uma comédia.

— Porque sou ridículo.

— Não dói.

De impulso, ela segurou a mão dele e esfregou o dedo indicador entre os seus. Era um gesto íntimo, mas parecia natural. O que ela queria? Isso era tão insano... Pare de pensar isso. Talvez desse certo... Ah, seja prática, Jane. O que ela podia fazer? Não era mais vítima da ideia fantástica de amor, mas se pudesse ter uma coisa real... Será que existiam coisas reais?

— Você quer ter filhos um dia, não quer? — perguntou ela, só para tirar a dúvida.

— A Sra. Wattlesbrook te contou minha história? Eu não ficaria surpreso. Sim, gosto de crianças. Sempre pensei que gostaria de ser chamado de papai.

— Certo, essa resposta foi perfeita demais. Você está sendo *você* de verdade?

— Wattlesbrook escolhe atores que se pareçam com os papéis que desempenham, pois nós temos que manter o papel por muito tempo. Há exceções, é claro, como Andrews fazendo o papel de heterossexual.

— Eu sabia — disse ela baixinho. — Mas espere, pare, não é pra terminar assim! Você é a fantasia, é o que estou deixando pra trás. Não posso botar você na mala e te levar comigo.

— Essa foi a coisa mais egoísta que já ouvi você dizer.

Jane piscou.

— Foi?

— Srta. Hayes, você parou para pensar que pode ter entendido tudo errado? Que na verdade é você a *minha* fantasia?

O motor começou a roncar, a pressão da cabine enfiou dedos invisíveis nos ouvidos dela. Henry agarrou os braços da poltrona e olhou para a frente, como se tentando acalmar a máquina pela força da vontade dele. Jane riu dele e se acomodou melhor. Seria um longo voo. Haveria tempo para mais respostas, e ela achava que podia esperar. E então, naquele momento em que o avião correu para a frente, como se para salvar a própria vida, e a gravidade a empurrou para baixo, e o avião subiu, e Jane estava sem fôlego dentro dessas duas forças, ela precisou saber.

— Henry, me conte que partes eram verdade.

— Tudo. Principalmente esta parte em que vou morrer... — Os nós dos dedos dele estavam ficando brancos conforme ele apertava os braços da poltrona, olhando diretamente para a frente.

A luz entrando pela janela era a luz certa, a tarde chegando até eles com a inclinação perfeita, o sol roçando o horizonte da janela dela, o amarelo se derramando ali dentro. Ela viu

Henry claramente, reparou em uma cicatriz de catapora na testa dele, leu na curva do lábio superior o quanto ele devia ter sido um menino emburrado e viu nas linhas leves nos cantos dos olhos o idoso que ele se tornaria um dia. Sua imaginação se expandiu. Ela via a própria vida como um quebra-cabeça complicado, todos os namorados como peças de dominó, derrubando o próximo e o seguinte, uma sucessão infindável de quedas. Mas talvez não fosse assim. Ela vinha pensando tanto em finais que havia se esquecido de dar espaço a um último, um que poderia permanecer de pé.

Jane puxou a mão direita dele do braço da poltrona, colocou em sua nuca e a segurou ali. Ela levantou o braço do assento para que não houvesse nada entre eles e segurou o rosto dele com a outra mão. Era um belo rosto, com um maxilar que cabia na palma de sua mão. Ela conseguia sentir os pelos crescendo depois de ele se barbear de manhã. Ele estava olhando para ela de novo, embora sua expressão não se livrasse do pavor, o que fez Jane rir.

— Como você pode ser tão indiferente? — perguntou ele. — Com dezenas de milhares de quilos tendo que voar?

Ela o beijou, e ele era tão gostoso, não tinha gosto de comida nem de enxaguante bucal e nem de protetor labial, mas tinha gosto de homem. Ele gemeu uma vez em rendição, relaxando os músculos.

— Eu sabia que gostava mesmo de você — disse ele contra os lábios dela.

Seus dedos a puxaram para mais perto, sua outra mão seguiu para a cintura dela. Os beijos ficaram famintos, e ela supôs que ele não era beijado de verdade havia muito tempo. Nem ela, na verdade. Talvez essa fosse a primeiríssima vez.

Havia pouca similaridade com os amassos vazios e vigorosos dela com Martin. Beijar Henry era mais do que divertido. Mais tarde, quando eles passassem horas e horas conversando no escuro, Jane perceberia que Henry beijava da forma como falava, com a atenção concentrada completa e intensamente nela. Seu toque era uma conversa que dizia sem parar que só ela importava em todo o mundo. Seus lábios só se afastavam dos dela para tocar seu rosto, suas mãos, seu pescoço.

E, quando ele falava, a chamava de Jane.

Seu estômago despencou quando eles subiram mais alto no céu, e se beijaram impulsivamente por centenas de quilômetros, até Henry não estar mais com medo de voar.

Henry

Nós nos conhecemos em um avião (classe econômica) e nos beijamos durante quase todo o voo para casa. Acima do oceano Atlântico, decidimos nos apaixonar. Quando o avião aterrissou no aeroporto JFK, ele não havia mudado de ideia. Quando me carregou no colo para dentro do meu apartamento, não havia nenhuma Sra. Wattlesbrook escondida nas sombras. Enquanto ele estava na cozinha, peguei Orgulho e Preconceito *atrás da minha planta ainda (milagrosamente) viva e o enfiei no local inofensivo ao lado dos outros DVDs, com a lombada para fora, orgulhoso.*

Vamos pedir comida hoje.

agradecimentos

UM AGRADECIMENTO ENORME VAI, OBVIAMENTE, para a sobre-humana Jane Austen, por seus livros. Além dessas obras-primas, eu também revi (obsessivamente) a produção da BBC de 1995 de *Orgulho e Preconceito*, assim como *Emma* (1996), *Razão e sensibilidade* (1995), *Persuasão* (1995) e a linda releitura de Patricia Rozema de *Mansfield Park* (1999).

Também sou grata ao livro *What Jane Austen Ate and Charles Dickens Knew*, de Daniel Pool, pelas informações do período. *The World of Jane Austen*, de Nigel Nicolson, também foi útil, e revirei o site da internet Jessamyn's Regency Costume Companion em busca de informações sobre roupas. Apesar da pesquisa, eu ficaria surpresa se não tivesse cometido erros, mas eles são culpa minha, então não responsabilizem minhas fontes.

Agradecimentos especiais vão para a incrível Amanda Katz por seu trabalho inspirado de edição, assim como para Nadia Cornier, Cordelia Brand, Ann Cannon, Rosi Hayes e Mette Ivie Harrison. E posso dizer de novo o quanto amo a Bloomsbury? Amo mesmo. Todas as pessoas lá são tão legais. E também muito bonitas (embora isso não pareça justo, não é?).

E querido, você sabe que essa coisa de Colin Firth não é séria. Você é meu homem de fantasia e realidade. Não preciso de nenhum outro homem no mundo além de você. É uma coisa de garotas, eu juro.

Este livro foi composto na tipologia Swift LT Std
Light, em corpo 10/15,5, e impresso em papel
off-white no Sistema Cameron da Divisão
Gráfica da Distribuidora Record.